ちくま文庫

ニーベルンゲンの歌

前編

石川栄作 訳

筑摩書房

目次

凡例

一　本書は、『ニーベルンゲンの歌』の写本の中でもあとから入念な改作を施されたと一般に認められている写本Cを日本語に翻訳するものである。底本にはUrsula Hennig (Hrsg.): Das Nibelungenlied nach der Handschrift C, Max Niemeyer Verlag Tübingen 1977. を用いる。

二　『ニーベルンゲンの歌』は一詩節四行から成る詩節で構成されており、各詩節一行目の下に示した漢数字は、写本Cの詩節番号を、二行目の括弧内に記したアラビア数字は写本B（デ・ボーア編ブロックハウス版一九七二年）の詩節番号を表す。

三　翻訳するにあたっては、原則として中世ドイツ語による四行一詩節の文型を忠実に残すように努めるが、行に至るまで完全に一致させることはできない。また脚韻は当然のことながら翻訳には活かせないことをお断りしておく。

四　この作品特有の言い回し、たとえば、「ジークリンデの子」なども そのまま訳出し、その意味を続けて括弧内に（ジークフリート）というふうに示すこととする。

五　登場人物や地名等のカタカナ表記については、右記の原則にもかかわらず、読者に馴染みやすくするため、思い切って現代ドイツ語に従うものとする。主な登場人物と地名等については、現代ドイツ語と中世ドイツ語のカタカナ表記一覧を次頁に掲載しているので、適宜参照されたい。

主な登場人物および地名等のカタカナ表記一覧

現代ドイツ語	中世ドイツ語
ジークフリート	ジーフリト
クリームヒルト	クリエムヒルト
グンター王	グンテル王
ゲールノート	ゲールノート
ギーゼルヘア	ギーゼルヘル
ブリュンヒルト	プリュンヒルト
ハーゲン	ハゲネ
ダンクヴァルト	ダンクワルト
ジークムント	ジゲムント
ジークリンデ	ジゲリント
母后ウーテ	母后ウオテ
フォルカー	フォルケール

現代ドイツ語	中世ドイツ語
アルベリヒ	アルプリーヒ
エッツェル王	エッツェル王
ブルグント	ブルゴント
ヴォルムス	ウォルメス
ライン河	リーン河
ニーダーラント	ニーデルラント
クサンテン	ザンテン
アイスラント	イースラント
ドーナウ河	トゥオノウエ河
ウィーン	ウィエネ
エッツェルンブルク	エッツェルンブルク
オーデンの森	オッテンの森

前編　ジークフリートの暗殺

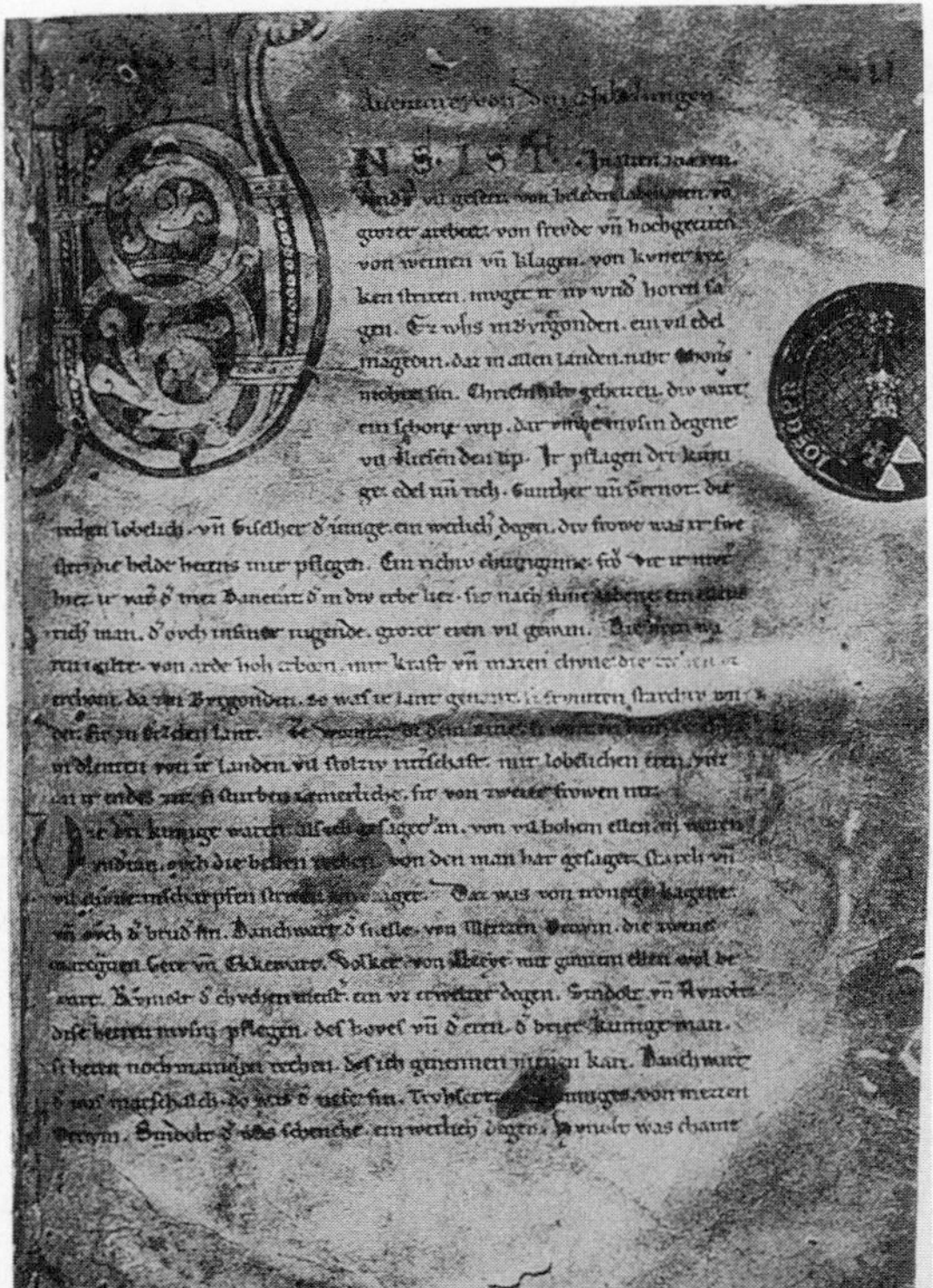

写本C（前編の冒頭部分）

第一歌章　ニーベルンゲン(ブルグント)一族のこと

一(1)
古い物語には数々の驚嘆すべき話が語り伝えられている。
誉《ほま》れ高い英雄たちや、激しい戦闘での苦労や、
歓びに満ちた饗宴《きょうえん》、涙と悲嘆、
勇士たちの争いなど、ここでもそれらを皆様方に物語ることにしよう。

二(2)
昔、ブルグントの国[1]にたいへん気《け》高《だか》い姫が生まれた。
どこの国を探してもこれ以上美しい姫はいないほどで、
名前をクリームヒルトといい、美しい女性に成長した。
しかし、彼女のためには多くの勇士が命を失わねばならなかった。[2]

（1）歴史上のブルグント国は四一三年に中部ライン地方に建国された。（2）この作品は四行から成る詩節で構成されており、四行目でこのようにしばしば将来を予告する手法が用いられている。

三 ⑷
彼女を護っていたのは、気高く勢威ある三人の国王であった。
彼らは誉れ高い勇士グンターとゲールノート、
それに麗《うるわ》しい若武者ギーゼルヘアの三人兄弟(3)であり、
姫はその妹（末弟にとっては姉）なので、勇士らは彼女を護っていたのである。

四 ⑺
彼らの母はウーテといい、気高い王妃であった。
父はダンクラートといって、勇敢で権勢高き国王であり、
やがて息子たちに領国を遺《のこ》してこの世を去ったが、
彼もまた若い頃には大きな誉れを得た人であった。

五 ⑸
三人の国王兄弟たちは名門の生まれで、寛大な心を持ち、
このうえない勇力をも持ち合わせた、選《え》り抜《ぬ》きの勇士であった。
彼らの国はブルグント(4)と呼ばれた。
彼らはのちにエッツェルの国で驚くべき力を見せたのである。

六 ⑹
彼らは権勢を誇ってライン河《か》畔《はん》ヴォルムス(5)に暮らしていた。
この国のたくさんの立派な騎士《きし》たちは名声に包まれて、
一生涯のあいだ彼らに仕えていたが、

彼らもやがて二人の女性の憎しみで痛ましい死を遂げるのである。

⑱七 三人の国王兄弟は、すでに述べたように、
きわめて勇敢であった。彼らに仕えていた家臣たちも
優れた勇士で、語られているところによると、
強く勇猛であり、激しい戦闘においても怯《ひる》むことはなかったという。

⑲八 名前を挙げると、トロニエ(6)のハーゲンと、その弟にあたる
勇敢なダンクヴァルト、メッツのオルトヴィーン、
二人の辺境伯《へんきょうはく》ゲーレとエッケヴァルト、
そして勇力を持ち合わせたアルツァイのフォルカーである。

（3）歴史上の三人兄弟であるが、王権はグンター王にあった。（4）フン族の大王。史実ではフン族は四三七年にブルグント族を滅ぼしたと言われている。『ニーベルンゲンの歌』の原型が生成するにあたっては、この史実が関与していたと推定される。（5）中部ラインの左岸にあり、史実ではブルグント国の首都であった。現在も街のあちこちにニーベルンゲン伝説ゆかりの記念碑が見出される。（6）ハーゲンの出身地。一説にはアルザス地方にあるとされるが、詳細は不明である。当時の作品ではこのように名前に出身地を添えることが多かった。直後に出てくるメッツのオルトヴィーンなども同様である。

九 (10)
大膳職《だいぜんしょく》(7) ルーモルトも選び抜かれた勇士であり、
ジンドルトとフーノルト、この二人の男は、
三人の国王の侍臣《じしん》として、宮中や儀礼を司《つかさど》る役目であった。
ほかにも多くの勇士がいたが、各々の名を挙げることはできない。

一〇 (11)
ダンクヴァルトは主馬頭《しゅめのかみ》(8)で、その甥《おい》である
メッツのオルトヴィーンは国王の内膳頭《ないぜんのかみ》(9)であった。
美しい勇士のジンドルトは献酌侍臣《けんしゃくじしん》(10)で、
フーノルトは内蔵頭《たくみのかみ》(11)であった。宮廷の名誉は彼らによって保たれた。

一一 (12)
宮廷の栄光や、遠くにまで及ぶ彼らの権勢、
きわめて高い威厳、さらには主君たちが歓びとともに
これまで長い間営んできた騎士生活については、
実際に誰一人として最後まで語り尽くすことはできないであろう。

一二 (13)
このような栄華の暮らしの中でクリームヒルトは夢を見た。
彼女が飼っていた、強くて美しく、猛々《たけだけ》しい鷹《たか》を、二羽の鷲《わし》が
引き裂いた夢であった。それを傍観していなければならぬとは、

彼女にとってこの世でこれ以上悲しいことはなかった。

一三（14）
この夢を姫は母ウーテに語った。
母は可愛い娘に好ましい夢占いをすることはできなかった。
「あなたが飼っていた鷹は気高い夫のことです。
神が護ってくれなければ、あなたはすぐに夫を失わねばならないでしょう」

一四（15）
「どうして夫だなどと言われるのですか、優しい母上様。
私はいつまでも勇士の愛を受けないままでおります。
勇士の愛によって災いを被《こうむ》らないよう、
私は死ぬまで清らかな身体のままでいたいと思います」

一五（16）
「そのような悲しいことは言わないでおくれ」、母は言った、
「この世でいつの日か心から楽しく暮らせるとしたら、
それは夫の愛あってこそのこと。神様があなたに立派な騎士を
授けてくだされば、美しいあなたは幸せな王妃になれるのです」

（7）宮廷内の料理長。（8）宮廷内で馬の世話をする役職にある者。（9）宮廷内で食事の世話をする役職にある者。（10）酒の酌をする家臣。（11）宮廷内で財宝や武具などを管理する役職にある者。

一六 (17) 「そんな話はおやめください、優しい母上様。
恋が最後には災いで終わる(12)ということは、
たくさんの女性の例でしばしば明らかにされていますもの。
私は両方とも避けますので、悪いことも起こらないでしょう」

一七 (18) クリームヒルトは心の中で恋というものをあきらめた。
それ以来、愛らしい姫は、男性を愛するということも
知らずに、多くの楽しい日々を送り迎えたのであったが、
しかし、彼女もやがて晴れてある気高い勇士の妻となったのである。

一八 (19) その勇士こそ、彼女が夢の中で見て、母君が夢占いをした
あの鷹であったのだ。のちに彼を殺害した
近親の者たちに対して彼女はどれほどむごい復讐《ふくしゅう》を遂げたことか！
彼一人の死のために多くの母の子ら（英雄たち）は命を失ったのである。

第二歌章　ジークフリートが成長したこと

一九 (20)
一方、ニーダーラントでは気高い国王の息子が生まれた。
父はジークムントという名で、母はジークリンデといった。
遠方にまでよく知られている、ライン河下流の
立派な城下町でのことであり、その町はクサンテン(13)と呼ばれた。

二〇 (21)
勇敢で立派なその勇士はジークフリートといった。
彼は勇敢な心に駆られて、多くの国へ出かけ、
その勇力を発揮して異国を征服しようとした。
ああ、彼はのちにブルグントでなんと多くの勇士たちに出会ったことか!

(12) 同じ表現が後編の結末部分（二四三八、四）でも用いられており、作品のテーマがここですでに示されていると言える。(13) ライン河下流の左岸、現在のオランダの国境にあるドイツの小さな町で、通りの名称もニーベルンゲン伝説にちなんだものが多い。

勇敢な彼は成長して大人になるまでに、 二一
驚くべき冒険を自らの手で成し遂げた。
それについては多く歌ったり、語ったりすることもできようが、
ただここではその多くの話を割愛せざるを得ない。

彼の最も意気盛んな時期で、若かった頃に、 二二(22)
彼がいかに多くの名誉に包まれて、どれほど立派であったか、
ジークフリートについては驚くべき称賛の数々が語られている。
そのため多くの美しい女性たちが彼に愛情を寄せたのであった。

彼はそれにふさわしく丁重《ていちょう》に養育された。 二三(23)
彼はまた自らも進んでどれほどの礼を身につけたことか！
彼はあらゆることにおいてまことに立派だと見なされ、
そのことによって彼の父の国の誇りともなったのである。

王子を警護なしで外出させることもごくまれ(14)であった。 二四(25)
母后《ははきさき》ジークリンデは王子を美しい衣裳《いしょう》で飾り、

名誉を心得た賢者たちも王子の世話にあたった。
そのため彼は人々の心も国土も両方とも勝ち得ることができた。

彼には今や武器を身につけるほどの力も具《そな》わり、　二五 (26)
そのために必要なものは、何不自由なく与えられた。
美しい女性に求婚することも考え始めるようになった。
女性たちも麗しい彼を愛することは名誉であったろう。

そこで彼の父ジークムントは、親しい縁戚を集めて　二六 (27)
饗宴を催そうと思って、その旨を家臣たちに知らせた。
その知らせは他の王たちの国へももたらされた。
他国の者たちにも自国の者たちにも馬と衣裳が与えられた。

彼の親族で、騎士となるべき　二七 (28)
気高い若者は、どこに住んでいようと、
饗宴のためにその国へ招待された。

(14) ここでは王子として大切に育てられたことが強調されている。一人で冒険の旅をしたことが前提となっているジークフリート像と矛盾するが、これについては八八詩節の注を参照されたい。

若い王子とともに彼らはやがて刀礼式《とうれいしき》(15)を受けたのである。

二八 (29) この饗宴については驚嘆すべきことを語り伝えることができよう。
ジークムントとジークリンデは、財宝を分かち与えることで、
大きな名誉を勝ち得ることができた。
そのため異国の多くの者がこの国にやって来たのである。

二九 (30) 刀礼を受ける四百人の勇士は、若き王子とともに
衣裳をまとうこととなった。多くの美しい乙女たちが
彼らに好意を抱いて、その準備にいそしんだ。
婦人たちは金糸《きんし》の刺繍《ししゅう》に多くの宝石をちりばめた。

三〇 (31) 彼女らは刀礼を受ける誇り高い勇士たちの衣裳に
金糸の絹紐《きぬひも》を取り付けようとした。しなくてはならぬ仕事であった。
主人は多くの勇士たちのために座席を設けさせた。
彼が饗宴を催そうとしたのは、夏至《げし》の日のことであった。

三一 (32) 多くの立派な小姓たちや気高い騎士たちは

寺院へ出かけた。経験豊かな大人は、
かつて自らもそうであったように、未熟な若者たちの世話をした。
彼らは楽しみのひとときを過ごし、多くの歓びを待ち受けた。

三二(33) 神の名誉のためにミサが歌われた。
騎士の習慣に従って、おそらくまたとないような
大きな栄誉をもって若者たちが騎士に叙《じょ》せられたとき、
人々の間で大きな雑踏が起こった。

三三(34) 彼らは鞍《くら》を置いた多くの馬が見える方へ走り寄った。
ジークムントの宮廷では槍《やり》試合が盛んに行われたので、
宮殿や広間では鳴り響く音が聞こえた。
意気揚々《いきようよう》とした勇士たちは歓声を上げた。

三四(35) 経験豊かな勇士も未熟な若者も激しく衝突し合ったので、
槍の柄《つか》は折れて、空中に鳴り響いた。
その破片が遠く宮殿の前まで飛ぶのが見られた。

(15) 騎士の叙任式のことで、主君から刀身で軽く肩を打たれる習慣になっていた。

そこで男も女もともに楽しみを極めたのであった。

三五 (36) 国王は試合をやめるよう命じ、軍馬が連れ去られた。
見ると、そこには多くの丈夫な楯《たて》の隆起部分が砕け落ち、
多くの宝石が輝く楯の留《と》め金《がね》から草の上に
落ちていた。それは衝突によって起きたものであった。

三六 (37) 国王の客人たちは勧められた座席に着いた。
豪華な食事と、豊富に食卓に出された
極上のワインが彼らの疲れを癒《いや》した。
異国の者にも自国の者にも十分なもてなしがなされた。

三七 (38) そのような娯楽が一日中、行われた。
多くの遍歴楽人《へんれきがくじん》は休む暇もなかった。
彼らはそこに豊富に提供された贈り物を求めて楽《がく》を奏《かな》でた。
そうしてジークムントの国中が称賛で飾られたのであった。

三八 (39) 国王は若き王子に命じて、かつて自らも

そうであったように、土地や城を人々に分かち与えさせた。
刀礼を受けた仲間たちには王子はたっぷりと与えたので、
彼らはこの国へ旅して来たことを喜んだ。

饗宴は七日目の日まで続いた。　三九(40)

高貴なジークリンデは、古くからの習慣に従って、
息子を愛する心から、輝く黄金を分かち与えた。
そのような彼女の心づかいによって、人々は王子に対して好意を抱いた。

遍歴楽人にはもはや貧しい者はいなかった。　四〇(41)
人々はまるで明日のことなどどうでもいいかのように、
馬や衣裳を施し与えたのであった。
私が思うに、家臣がこれ以上の気前よさを示したことはなかったろう。

輝かしい栄誉を伴って饗宴は終わった。　四一(42)
その国の領主たちの間には、やがて若き王子を
自らの主君にいただきたいとの声が聞かれた。
しかし、立派な王子ジークフリートは彼らに付き従って行きはしなかった。

ジークムントとジークリンデの二人が生きている限り、 四二 (43)
健気《けなげ》な王子は王冠を戴《いただ》こうとは思わなかった。
ただ勇猛果敢《ゆうもうかかん》な王子は、国内をおびやかす
あらゆる暴力に対しては立ち向かおうと考えていた。

王子は武器を手にして以来、誰にも咎《とが》められることはなかった。 四三
誉れ高い勇士は憩《いこ》うこともまれで、求めるものは
ただ戦いのみであった。彼の勇敢な行為は
いつも異国においてよく知れ渡っていた。

第三歌章　ジークフリートがヴォルムスへやって来たこと

王子はこれまで心の悩みを体験したことがなかった。　四四(44)
ところが、彼はブルグントの国に
きわめて美しい姿の乙女がいるという噂を聞いた。
そのため彼はのちに多くの苦しみと歓びを味わったのである。

彼女のこのうえない美しさは広く世に知れ渡り、　四五(45)
その若き乙女としての気高い心ばえも
同時に多くの英雄たちの知るところとなった。
そのため多くの客人がグンターの国にやって来た。

どのような男が彼女に愛を求めようとしても、　四六(46)
クリームヒルトは自ら心の中で、

誰にも恋人にしたいなどと告白することはなかった。
のちに彼女が身を捧げる英雄はまだ見知らぬ人であったから。

四七 (47) ジークリンデの王子が得たいと思ったのは、高きミンネ[16]であり、
彼に比べればどんな男性の求婚も彼女には無に等しかった。
彼こそ美しい女性を得る資格のある男であり、
のちに気高いクリームヒルトは猛きジークフリートの妻となったのである。

四八 (48) 王子がミンネを得ようとしたので、
親戚の者たちや多くの家来たちは、
王子にふさわしい女性を迎えるがよいと勧めた。
すると王子ジークフリートは言った。「では、クリームヒルトを迎えたい。

四九 (49) 彼女はブルグント国の気高い姫であり、
とても美しい人だから。私にはよく分かっているのだ。
どんなに権勢高き国王でも、
その若き姫の愛を得るのは容易ではないということを」

この話を父王ジークムントが聞き知った。　五〇（50）
家臣たちが知らせたのである。その美しい乙女に
求婚しようとする王子の意志を
聞き知って、国王はたいへん心配になってきた。

気高い国王の后《きさき》ジークリンデもそのことを聞き知った。　五一（51）
彼女は自分の息子のことをたいへん心配した。
グンターの家臣たちのために息子を失いはしないかと恐れたのである。
そこで人々は勇士の求婚をやめさせようと試みた。

それに対して猛きジークフリートは言った。「敬愛するお父上様、　五二（52）
私が心から愛している女性に求婚してはいけないというのなら、
私は永遠に気高い女性の愛を得ようとは思いません。
誰がなんと言おうと、この決意は決して変わりません」

「お前がやめようとしないなら」、国王が言った、　五三（53）

（16）「高きミンネ」（hôhe minne）とは、騎士が身分の高い貴婦人に捧げる愛のことで、「婦人奉仕」とも呼ばれ、中世の騎士の教養にはなくてはならない徳目の一つとされた。

「その意志は内心うれしいことであり、
わしとしてもできる限り、援助をしてあげよう。
だが国王グンターは多くの傲慢《ごうまん》な家臣を抱えているのだ。

たとえあそこに勇士ハーゲン一人しかいないとしても、 五四 (54)
あれは思い上がって挑発的なことをしでかす男だ。
我々に災いをもたらしかねない男なので、それがひどく心配なのだ。
彼らについては、まことにそのような噂が囁《ささや》かれているのだ」

「それが我々に何の妨げになりましょうか?」ジークフリートは言った、 五五 (55)
「私が穏便《おんびん》に頼んでも手に入れられないのなら、
武力をもって獲得することもできます。
私は領民も領土も両方とも奪い取ってみせましょう」

するとジークムント王が言った。「お前のその言葉が心配なのだ。 五六 (56)
この話がラインの国まで伝わったら、
お前は決してその国に入ることはできないだろう。
グンターとゲールノートのことを、わしは昔からよく知っている。

力ずくで誰もその姫を獲得することはできないだろう」　五七(57)
ジークムント王は続けた、「その話は確かなのだ。
しかし、勇士を引き連れてその国へ行こうとするつもりなら、
最強の味方をその旅につけてやることにしよう」

「私にはそのつもりはありません」、ジークフリートが言った、　五八(58)
「美しい乙女を獲得するために、
出兵までして勇士がラインの国まで
私に付き従って行くのは、私には不名誉なことです。

彼女なら私一人の手で獲得できます。　五九(59)
私は十二人の仲間をグンターの国へ連れて行きましょう。
ジークムント父上様、そのようにお力添えください」
こうして王子の勇士たちには鼠色《ねずみいろ》や色とりどりの衣裳が与えられた。

この話は母后ジークリンデも聞き知ることとなった。　六〇(60)
彼女は愛する王子のことを思って、憂鬱《ゆううつ》な気持ちになった。

彼女はグンターの家臣たちをひどく恐れたのである。
気高い母后はそのために泣き始めた。

そこで王子ジークフリートは王妃のもとに出かけて、 六一 (61)
母に向かってやさしく慰めて言った。
「私のために泣いたりしてはいけません。
私はどんな勇士を前にしても恐れたりはしませんから。

どうかブルグント国への旅立ちにお力添えください。 六二 (62)
誇り高い勇士が晴れやかに身に着けられるような
衣裳を、私と私の部下たちのために整えてください。
そうしてくだされば、真心こめていつまでも感謝いたします」

「どうしてもやめようとしないなら」、ジークリンデが言った、 六三 (63)
「あなたの旅支度《たびじたく》を手伝いましょう、ただ一人の息子よ。
かつて騎士たちが身に着けた中でも最上の衣裳を、
あなたと供の者たちが不足なく着て行けるようにしてあげましょう」

六四 (64) そこで勇敢な若者は礼儀正しく母に頭を下げて、
言った。「私はこの旅に十二人の仲間しか
連れて行きませんが、彼らのために衣裳を調達したいのです。
クリームヒルトの様子を見て来ることにしましょう」

六五 (65) こうして美しい婦人たちは夜も昼も座り続けて、
ジークフリートの衣裳を作り終えるまで、
少しも休む暇とてなかった。
王子はその旅を決してあきらめはしなかったのである。

六六 (66) 彼の父は王子の身を騎士らしい衣裳で飾らせた。
それを着て王子はブルグントの国へ旅立つのである。
多くの輝く鎧《よろい》や立派な兜《かぶと》、
そして美しく幅広い楯も用意された。

六七 (67) そうしてブルグント国へ旅立つ日は近づいた。
人々は王子の行く末を気づかい、
再び国に戻って来られるだろうかと心配した。

だが勇士たちの荷馬《にうま》には武器と衣裳が積み込まれた。

六八 (68) 彼らの馬は美しく、馬具は黄金色《こがねいろ》に輝いていた。
ジークフリートとその供の者たちよりも
意気揚々とした者がいることなど、決してあり得なかった。
彼はブルグント国へ向けてなんと礼儀正しく暇乞《いとまご》いを告げたことか!

六九 (69) 国王と王妃は悲しげな様子で王子の望みを叶《かな》えてやった。
王子はやさしく両人を慰めて、
言った。「私のために泣いたりしてはなりません。
私の命に関しては、まったく心配は要りません」

七〇 (70) 勇士たちは悲しみ、多くの乙女たちもそのために泣いた。
思うに、彼らの一族がそのために死に絶えることを、
彼らは心の中で予感したのかもしれない。
彼らが嘆いたのも当然で、まったく理由のないことではなかった。

七一 (71) 勇士たちは六日目の朝に、ヴォルムスの岸辺に

馬を乗りつけた。彼らの衣裳はすべて
輝くばかりの黄金作りで、馬具も立派なものであった。
ジークフリートの家来たちは馬を着実に進めて行った。

彼らの楯は新しく、丈夫で幅広く、
兜も輝いていた。勇士ジークフリートは　七二 (72)
グンターの国に入り、その宮廷に向かって馬を進めた。
そのような勇士たちの豪華な衣裳はこれまで決して見られなかった。

剣の先は拍車のあたりまで垂れ下がっていた。
選り抜きの騎士たちは鋭い投槍を携《たずさ》えていた。　七三 (73)
ジークフリートも穂《ほ》の幅が二指尺《しやく》(17)もある一本の槍を持ち、
その刃はとても恐ろしいほどの切れ味を持っていた。

彼らは手に黄金色に輝く手綱《たづな》を握っていた。
馬の胸紐《むなひも》は絹で出来ていた。こうして彼らはその国に到着した。　七四 (74)

(17) 指尺（spanne）は昔の長さの単位で、親指と小指あるいは中指を広げた長さ。一指尺はおよそ二十〜二十五センチメートル。

民衆は至るところでジロジロと見つめた。
グンター王の家来たちは彼らを出迎えに駆けつけた。

七五 (75)
意気揚々とした勇士たちは、騎士も従卒《じゅうそつ》も、
大急ぎで彼らを出迎え、――それは至極《しごく》当然のことであった――
この客人たちを主君の国へと迎え入れ、
彼らの手から乗馬と楯を預かったのであった。

七六 (76)
その馬を彼らが厩《うまや》に引き入れようとしたとき、
猛きジークフリートは勇士たちに言った。
「馬はしばらくそのままにしておいてください。
私たちはすぐにここから立ち去るつもりですから。

七七 (77)
私たちの楯についても、どこへも運ぶ必要はありません。
それよりもブルグント国の高貴なグンター殿は
どこにおられるのか、誰か私に教えていただけないだろうか?」
すると様子をよく知っている一人の者が、彼に言った。

「国王にお会いしたいのなら、それはすぐ叶います。 七八(78)
王様はあの広い広間に勇士たちと一緒におられるのを
私は見かけました。王様のところへ行かれたら、
その前で多くの選り抜きの勇士たちが仕えているのが見られましょう」

そこで国王にも、輝く鎧と豪華な衣裳を 七九(79)
身に着けた勇敢な騎士たちが宮廷に
到着したという話が伝えられたが、
ブルグントの国では彼らを知る者は誰もいなかった。

明るい衣裳を身に着け、幅広の新しい 八〇(80)
見事な楯を携えた立派な勇士たちが
どこから来たものか、国王にはいぶかしく思われた。
誰もそれを教えられないのが、彼にはまことに残念であった。

そこでオルトヴィーンという名の勇士が答えた。 八一(81)
彼は強くて勇敢に思えた。
「我々には分かりませんので、私の伯父ハーゲンを

呼び出して、伯父上に見ていただきましょう。

八二 (82) 伯父は国中のみならず、異国のことをもよく知っていますから。
彼らのことを知っていたら、私たちに教えてくれましょう」
国王が彼を呼び出すと、彼は家来たちを引き連れて
礼儀正しく宮殿の国王の前に進み出た。

八三 (83) 国王の用向きをハーゲンは尋ねた。
「わしの城に異国の勇士たちがやって来たが、
ここでは誰も彼らを知らないのだ。もしお前が異国で
彼らに会ったことがあるのなら、ハーゲンよ、わしに教えてほしいのだ」

八四 (84) 「しかと承知しました」と言って、彼は窓辺に歩み寄り、
その目を客人たちの方に向けた。
彼らの武具も衣裳もたいへん彼の気に入るところとなった。
ブルグントの国では見かけぬものだったからである。

八五 (85) あの勇士たちがどこからこのラインに来たにせよ、

自らが王者であるか、あるいは王の使者であろうと、彼は答えた。
「馬はとても美しく、衣裳もたいへん見事です。
どこから来たにせよ、彼らは気高い者たちのようです」

さらにハーゲンは言った。「私の理解するところでは、
私はまだジークフリート殿に会ったことはないけれど、
どのようであれ、あそこに堂々とした姿で立っている者こそ、
まさにその勇士であると、私には思われます。 八六(86)

彼はこの国に新しい噂を持ち込んでいる男です。
勇敢なニーベルンゲン族(18)、つまり富貴《ふうき》な国王の王子である
シルブングとニベルングはあの英雄の手に倒れたのです。
そののち彼はその勇力でもって驚くべき武勲《ぶくん》を立てたのです。 八七(87)

(18)「ニーベルンゲン族」とは、「霧」(ネーベル)の人々という意味で、もともとは地下の国に住む侏儒《こびと》一族を指した。その侏儒一族の財宝を「ニーベルンゲンの財宝」と呼び、この作品ではその財宝を所有した一族がニーベルンゲン族と呼ばれることになっている。財宝の呪いにより、いずれは霧のように、はかなく消え去るべき一族の意味が込められているのであろう。

八八 (88)
あの英雄が供を連れずに一人で馬を進めていたときのこと(19)、
彼はある山の麓《ふもと》で、――これは私が聞いた話ですが――
多くの勇士たちがニーベルンゲンの宝のそばにいるのに出くわしました。
事情を聞くまでは、まことに得体《えたい》の知れない連中でした。

八九 (89)
ニーベルンゲンの財宝は山の洞穴からすっかり
運び出されていました。それをニーベルンゲンの連中は
分け合おうとしたのですが、そのときの話をお聞きください。
勇士ジークフリートはそれを見て、不思議に思いました。

九〇 (90)
彼は連中に近づいて、勇士たちと互いに姿を
認め合うことができるようになると、連中の一人が言いました。
「ニーダーラントの猛き英雄ジークフリートがこちらにやって来るぞ」
ニーベルンゲン族のところで彼は実に不思議なことを経験したのです。

九一 (91)
シルブングとニベルングは英雄を丁重に出迎えました。
若くて気高い二人の君主は互いに相談のうえ、
財宝をその勇敢な英雄に分配してくれるよう依頼しました。

長い間頼み続けましたので、彼もそれを約束しました。

彼はとても多くの宝石を目にしましたが、それは百台の荷車でも　九二 (92)
運び切れないほどで、ニーベルンゲンの国には
輝く黄金がそれ以上にあったと伝え聞いています。
勇敢なジークフリートにはそれらすべてを分配する役目が課せられたのです。

彼らは彼に報酬《ほうしゅう》としてニーベルンゲンの剣を贈りました。　九三 (93)
しかし、勇士が果たすこととなったこの役目は、
彼らにとっては満足のできない結果となりました。
勇士は役目を果たせず、彼らから攻撃を受けることとなったのです。

つまり、彼は財宝を平等に分配することができなかったのです。　九四
そこで二人の王子は彼と戦い始めました。

(19) クサンテンの王子として供を連れずには外出を許されなかったという二四詩節の記述と矛盾するが、ここでは五、六世紀の英雄伝説が取り入れられていると考えるべきであろう。この作品ではこのように中世騎士的な要素と古代ゲルマン的な要素とが織り交ぜられながら物語が展開されている。矛盾というよりは、特徴と捉えるべきであろう。

彼らの父の剣はバルムングと呼ばれましたが、
勇士はそれでもって彼らからニーベルンゲン国の財宝を奪い取りました。

彼らは味方として十二人の勇士を擁《よう》していて、
それは巨人のように強い勇士たちでしたが、何の役に立ちましょう。 九五(94)
ジークフリートはそののち怒って彼らを打ち倒し、
ニーベルンゲン国の勇士七百人をも征服したのです。

そのうえ勇士は富貴な二人の国王をも打ち殺したのです。 九六(96)
そのため彼は、すぐさま主君たちの復讐をしようとした
侏儒《こびと》アルベリヒによって苦しめられましたが、
結局、侏儒はジークフリートの強い力を思い知ることとなりました。

強い侏儒も彼を相手にして戦えなくなりました。 九七(97)
野生の獅子《しし》のように二人は山の麓まで駆けて行きましたが、
やがて英雄がアルベリヒから隠《かく》れ蓑《みの》(20)を奪い取ったのです。
こうして勇士ジークフリートは財宝の持ち主となりました。

敢《あ》えて戦おうとした者は皆、打ち倒されました。　九八 (98)
勇士はすぐさま財宝を、ニーベルンゲンの家来たちが
先ほど取り出してきた場所に、運び返させました。
勇猛なアルベリヒがその見張り人に命ぜられました。

侏儒は英雄に従者として仕えることを誓い、　九九 (99)
どのような務めでも果たすこととなったのです」
トロニエのハーゲンは続けた。「これらは彼の成し遂げたことで、
どんな勇士もこれ以上大きな力を発揮したことはありません。

そのほかにも私は彼についていろいろと知っています。　一〇〇 (100)
勇士は一匹の竜をも退治しました。
そのとき彼は竜の血を浴びましたので、優れた勇士の肌は
堅くなり、その後どんな武器も彼を傷つけることはできないのです。

(20) 隠れ蓑（tarnkappe）とは姿を「隠す」（タルン）「頭巾」（カッペ）という意味で、それを被ると、姿が見えなくなるうえに、十二人分の力が具わり、また姿を変えることができるという不思議な頭巾のことである。

そこで我々は勇士の大きな恨みを買わぬよう、 一〇一 (101)
彼をいっそう丁重に出迎えるべきでしょう。
たいへん勇敢な男ですので、彼には好意を寄せるべきです。
彼はその勇力でもって多くの驚くべき手柄を立てたのです」

権勢高き国王が言った。「お前の言うとおりであろう。 一〇二 (102)
見るがよい、驚くほど勇敢な男とその家来たちは、
なんと勇ましく戦闘の覚悟をして立っていることか。
我々は出迎えのために勇士のところに降りて行くことにしよう」

「そうすれば」ハーゲンが言った、「あなたにも名誉となりましょう。 一〇三 (103)
彼は高貴な家柄の出で、立派な国王の息子ですから。
彼の振る舞いからして、神にかけて思いますに、
彼がここにやって来たのも大事があってのことでしょう」

するとこの国の主人は言った。「では、歓迎することにしよう。 一〇四 (104)
彼が気高く勇敢であることは、わしもよく聞いている。
ブルグントの国でも彼には楽しんでもらうことにしよう」

ジークフリートの竜退治

国王グンターはジークフリートのいるところへ出かけた。

一〇五 (105) 主人と勇士たちは、礼儀作法において
どこも欠けるところのないように客人を出迎えた。
勇敢な男は頭を下げて彼に挨拶《あいさつ》した。
主人は勇士とともに礼儀正しく客人を出迎えた。

一〇六 (106) 「ご到着の知らせを聞いて驚きました」、すぐに主人が言った、
「気高いジークフリート殿、どこからこの国に来られたのか。
ライン河畔のヴォルムスでは何をお望みなのだろうか」
客人が国王に答えた、「隠さずに申しましょう。

一〇七 (107) 私の父の国で聞いた話によりますと、
ここのあなたのもとには、かつていかなる国王も
得たことのないようなたいへん勇敢な勇士がおられると
いうことですので、それを確かめるためにやって来ました。

一〇八 (108) またあなたご自身の武勇についても、

これ以上勇敢な国王は見たことがないと、私は聞いています。 一〇九 (109)
この国中至るところで多くの人がそれを認めています。
私もそれを確認するまでは、あきらめたりはしません。
私も一人の勇士であり、王冠を戴くべき身分の者です。
領民と領国を支配するのも当然だと、
言われるようになりたいと願っています。
そのためには私の名誉も身命をも賭ける覚悟です。

私の聞いているとおり、あなたが勇敢であるなら、 一一〇 (110)
これが喜びになろうと悲しみになろうと、気にはいたしません。
あなたが所有しているものなら、国であれ城であれ、
力ずくで奪い取って、私の支配下に収めるつもりです」

彼がこの国を奪い取るつもりであるということを 一一一 (111)
国王が聞き知ったとき、国王とその家来たちは
この話に驚きあきれてしまった。
これを聞いた国王の勇士たちは、怒りを覚えたのであった。

一一二 (112) 「どうしてあってよいものか」、勇士グンターが言った、
「私の父が長いこと誉れ高く治めてきたものを、
他人の暴力によって我々が失わねばならないとは？
これを認めては、騎士の道に背《そむ》くことになりましょうぞ」

一一三 (113) 「でも私はやめません」、勇敢な男は再び言った、
「あなたの勇力でお国の平和を維持することができないなら、
私がすべてを統治します。私の領国とて同じことで、
あなたが勇力で勝ち得るなら、もちろんあなたのものです。

一一四 (114) あなたの国も私の国も、条件は同じです。
私たちのうち相手を打ち負かした者に、
領民も領国もすべて従うことになるのです」
即座に騎士ゲールノートが一人だけこれに異議を唱えた。

一一五 (115) 「我々は力ずくで他国を奪い取って」、ゲールノートが言った、
「そのために勇士の手にかかって死者を出すようなことは、

考えていない。我々の国は豊かな国だ。
それは当然我々のもので、他人が支配するのはふさわしくないのだ」

国王の一族は怒りの態度を示して立っていた。　一一六(116)
その中には騎士オルトヴィーンもいた。
彼は言った。「そのような調停は心から残念だ。
猛きジークフリートは理不尽にもあなたに挑戦してきたのです。

たとえあなたとあなたの兄弟に防戦の備えがなかろうとも、　一一七(117)
また彼が王者の大軍を率いて来たとしても、
私は敢えて戦って、勇敢な男が
その傲慢な挑戦を当然あきらめねばならぬようにしてあげましょう」

この言葉にニーダーラントの英雄は、ひどく怒りを示した。　一一八(118)
「私に対してよくも大胆に振る舞えたものだ。
私は権勢高き国王であるのに、お前は国王の家来に過ぎない。
我々に戦いを挑んでも勝てるものではあるまい」

一一九 (119) メッツのオルトヴィーンはしきりに剣を求めて叫んだ。
彼はトロニエのハーゲンの妹の息子だけのことはあった。
ハーゲンが長い間黙っていたことが、国王には不満であった。
そこで勇猛果敢な騎士ゲールノートが間に割って入った。

一二〇 (120) 彼はオルトヴィーンに言った。「怒るのはやめよ。
ジークフリート殿も剣を抜こうとはしておられないのだから。
事態をおだやかに解決して、彼を味方にしておくことが、
良策でもあり、その方が我々にも名誉になることなのだ」

一二一 (121) それに対してハーゲンが答えた。「彼が挑戦のためラインへ
やって来たのは、我々すべての勇士にとっても
おもしろくないことであった。彼も思いとどまればよかったのだ。
そうすれば我が主君たちもこのような無礼をしなくてもよかったのだ」

一二二 (122) そこで剛勇な男ジークフリートは言った。
「ハーゲン殿、私の言ったことがそなたの気分を害したのならば、
私はここブルグントの国で自分の腕前が

いかに強いものであるかを、お見せすることにしよう」

「それなら私一人で阻止できよう」と、ゲールノートが言った。　一二三 (123)
彼はすべての部下に対して、思い上がって
客人に不快を招くようなことを言うのを禁じた。
ジークフリートの方でも高貴な乙女のことを心に想い浮かべた。

「そなたと戦うのはふさわしいことではない」、ゲールノートが言った、　一二四 (124)
「戦えば多くの英雄が倒れるであろうし、
そうしようものなら、我々にとっても少しも名誉なことではない」
それに対してジークムントの息子ジークフリートが答えた。

「なにゆえハーゲン殿とオルトヴィーン殿はためらっておられるのか？　一二五 (125)
この国にはたくさんの味方がいるのに、
どうしてすぐに戦おうとされないのか？」
それでも彼らは、ゲールノートの忠告のために、黙ったままであった。

「そなたはよくぞここへ来てくれた」、若きギーゼルヘアが言った、　一二六 (126)

「そなたと一緒にここに来られたご家来も、心から歓迎いたす。
私も一族の者たちも、喜んでそなたのために尽くしましょう」
こうして客人たちにグンターのワインが差し出された。

そこで国王も口を開いた。「我々の所有しているものは、 一二七 (127)
礼儀に従ってお望みならば、何でも差し上げよう。
生命と財産でもそなたと分かち合うことにしよう」
そのため騎士ジークフリートも少し心が和《なご》んできた。

そこで客人たちの武具をすべて預かることとなった。 一二八 (128)
ジークフリートの家来たちにはできるだけ上等の宿舎が
提供され、彼らに快い休息が与えられた。
この客人はやがてブルグントの国で大いに喜ばれるようになった。

その後、彼には毎日のように大きな名誉が授けられたが、 一二九 (129)
それはここで語ることのできる千倍も多くの出来事であった。
それも彼の勇力のおかげであった。信じていただきたいが、
彼に憎しみを抱くような者は誰一人としていなかった。

国王たちも家来たちも競技に励んだ。　一三〇 (130)
どんな競技を始めても、彼（ジークフリート）が常に最も優れていた。
石投げをしようと、あるいは槍投げをして的を射ようと、
誰も比べものにならないくらい、彼の力量は勝《まさ》っていた。

婦人たちの前で宮廷の礼儀作法に則《のっと》って　一三一 (131)
勇敢な騎士たちが競技を行うとき、
常にニーダーラントの英雄が婦人たちの注目を浴びた。
彼の方も高きミンネ（高貴な婦人への愛）に心を向けていた。

城庭にいる美しい婦人たちは、その堂々たる異国の勇士が　一三二
誰なのか、たびたび囁き合った。
「彼の身体つきはとても美しく、衣裳も見事です」
多くの婦人が言った、「あれはニーダーラントの王子です」

どんな競技が始まっても、彼はそれに参加する準備ができていた。　一三三 (132)
彼は心の中で一人の愛らしい乙女のことを想い、

また彼が会ったことのない乙女の方も、彼のことを想っていた。
彼女は幾たびかやさしく彼のことを密かに噂していたのである。

一三四 (133) 若い者たち、騎士や小姓《こしょう》たちが城庭で
競技をしているとき、気高い姫クリームヒルトは
ひんぱんに窓からそのさまを眺めていた。
姫はもはやそれ以外の娯楽を必要としなかった。

一三五 (134) 心に想っている乙女が自分を見ていると知ったならば、
彼（ジークフリート）はいつもそれで十分心楽しかったことであろう。
彼も彼女を見ることができたならば、信じていただきたいが、
この世で彼にとってこれ以上うれしいことはなかったであろう。

一三六 (135) 今日まだなお娯楽として人々によって行われているように、
彼が騎士たちの間にまじって城庭に立っているとき、
ジークリンデの息子（ジークフリート）はとても愛らしい姿で立っていたので、
やがて多くの婦人たちが彼に心からの愛を寄せるようになった。

一三七 (136)
彼の方でもたびたび考えた。「私が心から慕《した》って、
また長いこと慕ってきた気高い乙女を
この目で見るためには、どうしたらよいのであろうか？
彼女が私にとってまだ見知らぬ人であるとは、まったく悲しいことだ」

一三八 (137)
貴い国王たちが国々を見回るときには、
ただちに勇士たちも付き従わねばならなかった。
ジークフリートも同行せねばならず、それが婦人方には辛いことであった。
彼も高きミンネのためにはしばしば辛い目にあったのである。

一三九 (138)
こうして彼はグンターの国で、――真実の話――
主君らのもとでまる一年過ごしたが、
その間に彼は愛《いと》しい女性に一度も会えなかった。
彼女のために、その後、彼は多くの喜びと苦しみを味わったのである。

第四歌章　ジークフリートがザクセン勢と戦ったこと

一四〇 (139) そうしているうちにグンターの国に奇妙な知らせがもたらされた。
それはこの国に敵意を抱く異国の勇士たちが
使者を通じて遠くから伝えてきたものであった。
この話を聞くと、彼らはひどく心を悩ませた。

一四一 (140) その名前を挙げると、まずザクセン国の
権勢高き君主リウデガストであり、
デンマークの国王リウデガーと、
彼らは多くの軍兵《ぐんぴょう》を従えていた。

一四二 (141) このような敵が遣《つか》わせた使者たちが、
ブルグント国にやって来たのである。

異国の使者たちは伝言を尋ねられたのち、
すぐに宮廷の国王の前に案内された。

グンター王が言った。「ようこそおいでくだされた。　一四三 (142)
誰がそなたたちを遣わせたのか、わしはまだ聞いていないので、
まずそれを聞かせてもらおう」、立派な騎士はこう言ったが、
使者たちはグンターの怒りに触れるのを非常に恐れた。

「国王様、私たちが持って参りました伝言を　一四四 (143)
お伝えすることをお許しくださるなら、隠さずに申しましょう。
私たちをこちらへ遣わせた主君たちの名前は、
リウデガストとリウデガーで、この国に攻め込もうとしています。

あなたは彼らの恨みを買っています。信じていただきたいのですが、　一四五 (144)
二人の勇士はあなたに大きな憎しみを抱いているのです。
彼らはライン河畔のヴォルムスへ兵を送ろうとしており、
多くの勇士が手助けしようとしていることは、間違いありません。

十二週間のうちには彼らの遠征が行われましょう。 一四六 (145)
城や国を護ってくれる味方が
おられるなら、ただちに集められるがいいでしょう。
ここで多くの立派な楯が切り裂かれることになるでしょう。

それとも和議を結ぶつもりなら、彼らにそのことを知らせるのです。 一四七 (146)
そうすれば強大な軍勢がラインのヴォルムスに
押し寄せて心を悩ませることもなく、
貴い立派な騎士たちも倒れてしまうこともありません」

「では、しばらくお待ちいただきたい」、立派な国王が言った、 一四八 (147)
「よく考えてから、わしの心のうちを伝えることにしよう。
わしには誠実な味方がいるので、この重大な話を
黙っているわけにもいかず、わしの一族に相談してみるつもりだ」

国王にとってこの話はひどく心を悩ませるものであった。 一四九 (148)
この一件を彼は密かに自分の心のうちに秘めていたが、
ハーゲンやそのほかの家来を呼び出し、

またゲールノートをもただちに宮廷に呼び寄せた。

一五〇 (149) こうして見出されうる最も優れた騎士たちが集まって来た。
国王は言った。「わしらの国に強大な軍勢で
攻め込もうとしている者がいるが、お前たちにも由々《ゆゆ》しいことだ。
まったくいわれもなく、彼らはわしたちに戦いを挑んでいるのだ」

一五一 (150) 「剣でもってそれを防ぐことにしましょう」、ゲールノートが言った、

「死ぬ運命にある者だけが、倒れ死ぬのです。

そのようなことのために私は名誉を忘れたりはしません。

敵は喜んで出迎えてやることにしましょう」


一五二 (151) そこで勇猛なハーゲンは言った。「それはよくありません。

リウデガストとリウデガーは向こう見ずな奴らです。

我々は短期間に兵を集めることはできません」

雄々《おお》しい勇士は続けた。「どうしてジークフリート殿に言わぬのですか?」

一五三 (152) 使者たちには街の中に宿舎があてがわれた。

彼らに敵意を抱いていたにしても、権勢高いグンター王は
彼らを丁重に扱うよう命じた。それは良策でもあった。
その間に彼は味方のうちで誰が助けになるかを知り得たからである。

一五四 (153) けれども国王は心配のためひどく悩んでいた。
その国王の悲しんでいるさまを優れた勇士（ジークフリート）が目にした。
国王に何が起こったのか、彼は知らなかったのである。
そこで彼はグンター王に事情を話してくれるように頼んだ。

一五五 (154) 「私は不思議でたまりません」、ジークフリートが言った、
「これまで我々と長い間楽しく過ごされていたのに、
どうしてそれが変わってしまったのですか？」
それに対して優雅な勇士グンターが答えた。

一五六 (155) 「密かに自分の心のうちに秘めておかねばならない
悩みごとは、誰にでも話すわけにはいかないのだ。
心の悩みを打ち明けるのは、誠実な友でなければならない」
ジークフリートの顔色は蒼《あお》くなったり、赤くなったりした。

一五七 (156) 彼は国王に言った。「誓って申し上げますが、
あなたの心配事ならどんなことでも取り除いてあげましょう。
味方を探しておられるなら、私がその一人になってあげましょう。
そして一生涯立派にその務めを果たすつもりです」

一五八 (157) 「ありがたく思うぞ、ジークフリート殿。うれしい言葉だ。
そなたの勇力が何の役に立たなかったとしても、
わしはそなたが好意を示してくれているだけでうれしいのだ。
わしが生きている限り、その恩には報いるつもりだ。

一五九 (158) では、わしがなぜ悲しんでいるか、それをお聞かせいたそう。
実は、敵の使者から聞き知ったのだが、
敵が軍勢を率いて、ここに攻め込もうとしているのだ。
この国に攻めて来る勇士など、これまでなかったことなのに」

一六〇 (159) 「それは心配しないでください」、ジークフリートが言った、
「お心を和らげて、私の言うとおりにしてください。

あなたの敵がこの国に攻め寄せる前に、
私に功名手柄《こうみょうてがら》を得させていただきましょう。

手《て》強《ごわ》い敵が三千の兵を部下として 一六一 (160)
引き連れていようとも、私はわずか千人の兵でもって、
敵を破ってみせましょう。私にお任せください」
そこで国王グンターは言った。「いつまでもご恩に報《むく》いよう」

「では、あなたの千人の兵士を私にお貸しください。 一六二 (161)
私のもとにはほんの十二名の勇士しか
いませんので。それでもってあなたの国を守ってあげます。
ジークフリートはいつまでも真心こめてあなたに仕えましょう。

その際、ハーゲンやオルトヴィーン、ダンクヴァルトとジンドルト 一六三 (162)
というあなたの親愛なる勇士たちにも手伝っていただきましょう。
雄々しい勇士フォルカーにも一緒に出陣してもらいます。
彼には旗手《きしゅ》を務めてもらいます。彼以外には誰もいませんから。

使者たちは彼らの国に帰してあげてください。 一六四 (163)
我々がすぐに攻め寄せることを、敵に伝えさせるのです。
それで我々の城下は平和を保つことができます」
そこで国王は一族の者と家来をも呼び集めた。

リウデガーの使者たちは宮殿へ出向いた。 一六五 (164)
彼らは帰国することになったことをたいへん喜んだ。
善良な国王グンターは彼らに立派な贈り物を与え、
護衛をもつけてやったので、彼らはそれを光栄に思った。

「わしの敵たちに」、グンターは言った、「伝えてくれ。 一六六 (165)
出陣は止めて、国にとどまるのがよいと。
しかし、彼らがわしの国に攻め寄せるつもりなら、
わしに味方がいる限り、彼らは痛い目にあうであろうと」

使者たちの前に豪華な贈り物が運ばれた。 一六七 (166)
権勢高い国王は与えるべきものを十分に持っていたのである。
リウデガーの家来たちはそれを拒みはしなかった。

彼らは別れの挨拶をして、喜んで引き上げて行った。

一六八 (167) 使者たちがデンマークに帰り着くと、
リウデガスト王は、ラインでの様子を
使者たちから聞き知ったが、
相手の自信満々とした態度はひどく彼の心を悩ませた。

一六九 (168) 相手には多くの勇敢な家来がいることが伝えられた。
「その中にはジークフリートと申すニーダーラントの英雄もいて、
グンター王に仕えているのが見られました」
この報告が事実と知って、リウデガストは心を悩ませた。

一七〇 (169) デンマークの人々はこのことを聞くと、
急いでもっと多くの援助者を集めた。
こうしてリウデガスト王は出陣のために
およそ二万の勇敢な一族と家来を手に入れた。

一七一 (170) ザクセンの勇敢なリウデガーの方も兵を集めて、

グンターの国へ率いて行くべき
軍兵の数は四万以上にものぼった。
一方、三人の国王兄弟の側でも自国において、

戦いのために連れて行くべき軍勢として、　一七二 (171)
ブルグント人やその他の気高い家来たちを呼び集めた。
彼らは準備を急いだが、それは英雄たちには避けられなかった。
そのために勇士らはのちに死ぬこととなるのである。

彼らは出陣しようとして、その準備にいそしんだ。　一七三 (172)
ヴォルムスからライン河を越えて進もうとするとき、
勇敢なフォルカーには旗手の役が委《ゆだ》ねられた。
勇猛なハーゲンは部隊長の役を引き受けた。

ジンドルトとフーノルトも一緒に従軍し、　一七四 (173)
彼らは権勢高き国王から黄金をもらった。
勇敢なダンクヴァルトとオルトヴィーンも、
誉れ高くこの出征の旅に加わることができた。

一七五 (174) 「国王はこの国にとどまられるがよい」、ジークフリートが言った、
「あなたの勇士が私に付き従って来てくれますので、
あなたは婦人方のそばで、心楽しくしていてください。
私があなたのために名誉も財産も獲得してあげましょう。

一七六 (175) ライン河畔のヴォルムスへ攻め寄せようとしている敵軍を、
私が守り防いで、あなたには被害がないようにしてあげます。
私たちは彼らの国の近くにまで軍を進めて、
彼らの思い上がりを憂いに変えてやるつもりです」

一七七 (176) 彼らは英雄たちを引き連れてラインからヘッセンを経て、
ザクセン国に押し寄せて、そこでやがて戦いが始まった。
略奪や放火も加えて、彼らは国を荒らしたので、
二人の国王は痛手を思い知らされることとなった。

一七八 (177) 彼らは国境に達し、従卒らはさらに進んで行った。
勇猛なジークフリートはそこで尋ねた。

「さて、ここで従卒たちの監督をするのは誰にしようか？」
ザクセン勢にとってこれ以上手痛く攻撃されたことはなかった。

彼らは言った。「若い従卒らを途中で監督するのは、 一七九 (178)
勇敢な主馬頭《しゆめのかみ》に任せましょう。彼は俊敏な勇士ですから。
そうすれば我々はリウデガーの兵から害を受けることも少ないでしょう。
彼とオルトヴィーンにここで殿軍《しんがり》の役を務めてもらいましょう」

「では、私は自分で馬を進めて」、勇士ジークフリートが言った、 一八〇 (179)
「敵軍を偵察することにしよう。
兵士たちがどこにいるのか、しかと調べるのだ」
ただちに麗しいジークリンデの子（ジークフリート）は武装を整えた。

出発しようとするときに、彼はハーゲンおよび勇敢な男 一八一 (180)
ゲールノートに軍勢を委ねた。
こうして彼はザクセン国に馬を進めたが、
のちにまこと名誉にあふれた話が聞かれたのである。

一八二 (181) やがて彼は大軍が野辺にたむろしているのを見たが、
それは味方とは比べものにもならないほどの兵力であり、
およそ四万、あるいはそれ以上もいた。
意気揚々とした英雄はそれをたいへん楽しげに眺めた。

一八三 (182) 敵の方でも一人の勇士が偵察に
出かけており、入念に武装を整えていた。
騎士ジークフリートもこの男を見れば、その勇士も相手を見て、
いずれも相手に敵意を抱いて観察し始めた。

一八四 (183) ここで見張っていた者が、誰であったのかをお話しいたそう。
黄金の輝く楯を彼は手にしていた。
これこそ軍隊を率いていたリウデガスト王であった。
気高い客人（ジークフリート）は堂々とそちらへ馬を進めた。

一八五 (184) リウデガストの方も彼をよき敵と見て取った。
二人はともに乗馬の腰に拍車を加えて駆け寄り、
互いに槍を相手の楯に向かって力をこめて構えた。

そのため立派な敵王も大きな恐怖に襲われた。

一八六 (185) 互いに突き合ったのち、二人の気高い国王の馬は、
風に吹きつけられたかのように、すれ違いに飛び去った。
だが手綱《たづな》をさばいて雄々しく新たに戦いの構えを整えた。
二人の勇猛な男は怒りをあらわにして剣を振り上げようとした。

一八七 (186) 騎士ジークフリートは野原に鳴り響くばかりに、剣を打ちおろした。
すると勇士の手によって相手の兜から、
激しい火炎のごとく熱い火花が飛び散った。
ニーダーラントの王子は勇ましく戦った。

一八八 (187) リウデガストの方もまた相手に多くの猛烈な打撃を加えた。
各々の力強い剣が相手の楯にしっかりと受け止められた。
リウデガストの三十名の家来たちはその有様をうち眺め、
助けに行こうとする前には、もうすでにジークフリートが勝利を収めていた。

一八九 (188) 彼が敵王の輝く鎧を貫き通して、

三か所に与えていた深い傷は、十分に効き目があった。
剣の刃が切りつけた傷口からは血が流れ出た。
そのためリウデガスト王は意気消沈してしまった。

一九〇 (189) 彼は命乞いをして、自分の国を差し出し、
自分はリウデガストであると名乗った。
そこへ彼の家来たちが駆けつけた。彼らは、偵察の途中で
二人の間で起こったことを見て取っていたのである。

一九一 (190) ジークフリートが敵王を連れ去ろうとしたとき、彼は
三十人の敵兵によって襲われた。勇士は
激しく剣を振るって貴重な人質を守った。
選び抜かれた勇士ジークフリートはなおも多くの損害を与えたのである。

一九二 (191) 彼は勇敢に三十人の敵兵を討ち取ったが、
そのうちの一人は生かしておいた。その者はすばやく逃げて行き、
ここで起こったことを味方に伝えた。
彼の赤い兜でそれが真実であることが分かった。

彼らの主君が捕えられたことを知らされると、　一九三 (192)
デンマークの人々はひどくそれを嘆いた。
それはリウデガーにも伝えられた。彼はひどく怒って
荒れ狂うほどであった。彼にも無念に思われたのである。

高貴なリウデガストはジークフリートに負けて、　一九四 (193)
グンターの家来のところへ連れて来られた。
敵王はハーゲンに委ねられた。立派で勇敢な勇士（ハーゲン）は、
事の次第を聞くと、大いにそれを喜んだ。

ブルグントの軍には戦闘開始の旗が掲げられた。　一九五 (194)
「いざ、前進だ！」ジークフリートは言った、「私に命のある限り、
日が暮れるまでに、ここでまだ一仕事できようぞ。
ザクセンの国では多くの勇士の妻たちが嘆くことになろう。

ラインの勇士たちよ、私の指示に従うのだ。　一九六 (195)
私は諸君をリウデガーの軍勢のところへ連れて行こう。

我々が再びブルグント国に帰って行くまでには、
敵の兜が我が勇士たちの手によって切り裂かれるのを見せてやろう」

一九七 (196) ゲールノートとその家来たちも馬を急がせた。
勇敢な楽人であるフォルカーも
旗を手に取って、一軍の先頭に立って馬を進めた。
その家来たちもまた見事に戦闘の準備を整えた。

一九八 (197) しかし、彼らが率いたのは、千人の家来と、
わずかに十二人の勇士に過ぎなかった。街道から砂塵《さじん》が
舞い上がり、彼らは国から出陣して行った。
多くの立派な楯がきらきらと輝くさまが眺められた。

一九九 (198) のちになって聞いたところによると、ザクセン軍もまた
よく研《と》がれた剣を携えて、隊をなして出かけて行ったという。
勇士たちの手にした剣は切れ味がきわめて鋭かった。
彼らは侵入してきた敵に対して、城と国を護ろうとした。

敵の部隊長たちは兵を率いて進軍して来た。
そこでジークフリートも、ニーダーラントより連れて来た
家来たちとともに防戦した。
その日、戦いで多くの楯が血に染まったのであった。　二〇〇 (199)

ジンドルトとフーノルト、それにまたゲールノートは
戦闘において多くの勇士を討ち取ったが、
敵兵たちは彼らがいかに勇敢であるかを知らなかったのである。
そのことをのちに多くの美しい婦人方は嘆かねばならなかった。　二〇一 (200)

フォルカーとハーゲン、それにオルトヴィーンもまた
戦いにおいて多くの兜の輝きを
流れ出る血でもって曇らせた。彼らは実に勇敢な英雄だった。
ダンクヴァルトによっても多くの驚くべき力が示された。　二〇二 (201)

デンマークの勇士たちもその腕前を発揮した。
互いに衝突したり、鋭い剣を打ち込むことによって、
多くの楯が鳴り響く音が聞こえた。　二〇三 (202)

戦いで勇敢に振る舞うザクセン軍もまた十分な損傷を与えた。

二〇四 (203) ブルグントの勇士たちが戦闘に突入して行くと、
彼らによって多くの深い傷が負わされた。
馬の鞍では血が流れるさまが見られた。
こうして勇猛果敢な騎士たちは名誉を求めようとしたのである。

二〇五 (204) ニーダーラントの勇士たちも主君のあとから
堅固な敵軍の中に突入して行ったとき、
勇士たちの手にした鋭い武器が高く鳴り響くのが聞こえた。
彼らはジークフリートとともに勇ましく攻め立てたのである。

二〇六 (205) ラインの軍勢の中には誰もジークフリートに続く者はいなかった。
ジークフリートの手によって輝く兜から血が小川のように
流れ出てくるのが見られたが、
ついに彼は軍兵を率いたリウデガーの姿を見つけた。

二〇七 (206) 敵軍の中を端から端まで、彼は三度も駆け回った。今やハーゲンもやって来た。
ハーゲンは彼を助けて思う存分戦った。
この日、彼らによって多くの立派な騎士が最期《さいご》を遂げたのである。

勇敢なリウデガーは、ジークフリートが　二〇八 (207)
きわめて鋭い武器を手で高く振り上げ、
多くの兵を打ち倒しているのを見つけると、
悔しい思いで怒りをあらわにした。

双方の家来たちが互いに攻撃を始めると、　二〇九 (208)
激しい混乱が生じ、剣が激しく鳴り響いた。
双方の勇士たちはなおいっそう激しく戦った。
軍勢は退き始め、大きな憎悪の念が募った。

ザクセンの君主にその弟が捕らえられたということが　二一〇 (209)
伝えられると、彼はたいへん口惜《くちお》しく思った。
それはジークリンデの子（ジークフリート）の仕業《しわざ》であることを知った。
ゲールノートによるものでないことが、あとで分かった。

二一一 (210) リウデガーの打ち込みは激しかったので、
ジークフリートの馬は鞍の下でよろめいたが、
馬が立ち直ると、勇敢なジークフリートは
戦いにおいて驚くべき腕前を発揮したのである。

二一二 (211) その際、ハーゲン、ゲールノート、オルトヴィーン
およびフォルカーが加勢したので、多くの敵が倒れた。
ジンドルトとフーノルト、この二人の雄々しい勇士によって
多くの婦人たちが大きな苦痛を負うこととなったのである。

二一三 (212) 気高い国王たちは心を一つにして戦った。
勇士たちの手から投げ放たれた多くの槍は、
兜の上を越えて輝く楯を貫いた。
見ると、多くの立派な楯が血に染まっていた。

二一四 (213) 激しい戦いで多くの勇士が
馬から降りた。勇士ジークフリートと

リウデガーは互いに攻め寄せた。
勇猛果敢な英雄たちは誉れ高く戦った。

するとジークフリートの手によって楯の金具が飛び散った。　二一五 (214)
ニーダーラントの英雄は勇ましいザクセン勢に
勝利を収めたと確信した。敵は痛手を被っていたのである。
ああ、勇士ダンクヴァルトはなんと輝く鎧を切り裂いたことか！

そこでリウデガー王はジークフリートの手にした楯に　二一六 (215)
王冠が描かれているのを目にした。
それで相手が誇り高い勇士であることを知った。
英雄は味方に向かって大声で叫んだ。

「身内の者や家来たちよ、戦うのはやめよ！　二一七 (216)
ジークムントの息子がここにいるのだ。
ニーダーラントの英雄をわしはここで目にしたのだ。
悪魔が彼をこのザクセンに送ったのであろう」

二一八 (217) 戦闘中に（降伏の合図として）旗が下ろされた。
彼は和平を願い、やがてそれは受け入れられた。
しかし、彼はグンターの国で人質とならねばならなかった。
それを彼に強制したのは、勇敢なジークフリートであった。

二一九 (218) 一同で評定《ひょうじょう》を開いて、彼らは戦いをやめた。
穴だらけのたくさんの兜や幅広い楯も
彼らは手から捨てた。そこで見出された武器はいずれも
ブルグント族によって血の色に染められていた。

二二〇 (219) 味方は欲するだけ捕虜《ほりょ》とした。それだけの力があったのである。
王弟ゲールノートと雄々しい勇士ハーゲンは、
負傷者を担架《たんか》に乗せるよう命じ、五百の立派な勇士たちを
ブルグント国へ引き連れて帰った。

二二一 (220) 戦いに敗れた勇士たちはデンマークへ落ちて行った。
ザクセン勢も、褒美《ほうび》を与えられるほど、
立派に戦ったとは言えず、それが勇士たちには無念であった。

戦死者のことも一族によってひどく嘆かれた。

二二二 (221) 一行は武器を再び馬に積んでラインの地へ運ばせた。
猛きジークフリートは彼の勇士たちとともに
勇敢に戦い、見事な働きぶりを見せた。
グンター王のすべての臣下たちもそれを認めた。

二二三 (222) 王弟ゲールノートはヴォルムスに使者を遣わせて、
自分と部下たちがどのように勝利を収めたか、
多くの勇士たちが誉れにふさわしく働いたさまを
故郷の一族の者たちに伝えさせた。

二二四 (223) 小姓たちが駆けつけて、それが伝えられたのである。
今まで心配していた美しい婦人方は、
届いたうれしい知らせを聞いて喜んだ。
そこで高貴な貴婦人たちはさまざまな問いかけをして、

二二五 (224) 気高い国王の臣下が勝利を収めたさまを伝え聞いた。

使者の一人がクリームヒルトのもとに呼ばれた。
それは密かに行われ、公《おおやけ》に行うことはできなかった。
軍勢の中には彼女が心から愛する勇士がいたからである。

二二六 (225) その使者が婦人部屋に入って来るのを見て、
たいへん美しいクリームヒルトはやさしく話しかけた。
「うれしい便りを聞かせておくれ。黄金を差し上げましょう。
ありのまま話してくれれば、いつまでもやさしくしてあげましょう。

二二七 (226) 私の兄ゲールノートやそのほかの一族の者たちは、
どのように戦いに勝ちましたか？　味方に死者は多かったのでしょうか？
最も手柄を立てたのは誰ですか？　それを聞かせておくれ」
そこで誠実な使者は答えた。「味方に臆病者はいませんでした。

二二八 (227) 気高き王女よ、仰《おお》せによりありのまま申し上げますが、
ニーダーラントの勇敢な客人ほど、
戦いで立派に先頭に立って馬を駆けさせた者は誰もいませんでした。
勇士ジークフリート殿はまことに驚くべき働きを示したのです。

ダンクヴァルトやハーゲン、それに国王のそのほかの家来たち、　二二九 (228)
すべての勇士たちが戦いでどんなに手柄を立て、
名誉を求めて戦ったにせよ、それはジークムント王の息子
ジークフリート殿に比べれば、吹き飛ぶ風のようなものでした。

味方は戦いで多くの英雄たちを倒しました。　二三〇 (229)
しかし、ジークフリート殿が戦場を馬で駆け回って成し遂げた
驚くべき行為については、誰も語れないほどです。
あの方に討たれた勇士の婦人たちは、ひどく嘆いていましょう。

多くの婦人らの愛《いと》しい男たちが戦場に倒れてしまったのです。　二三一 (230)
あの方の一撃で兜の上では大きな音が鳴り響き、
傷口からは血が流れ出てきました。
あの方はすべての点において勇敢で立派な騎士でございます。

メッツのオルトヴィーンも多くの手柄を立てました。　二三二 (231)
彼がその手でもって攻撃を加えた者は、

傷ついて倒れるか、またはたいてい死んでしまいました。
さらにあなたの兄上様は最もひどい痛手を与えました。

二三三 (232) それはかつての戦いで起こったこともないほどでした。
誇り高いブルグント族は見事に振る舞い、
あらゆる侮辱に対してその名誉を立派に守り抜いたということを、
その選び抜かれた勇士たちに認めなければならないでしょう。

二三四 (233) わが一族の手にかかって鞍から落ちる敵はたいへん多く、
きらめく剣によって野原は大きな音で鳴り響きました。
ラインの勇士たちは激しく戦いましたので、
敵は戦いを避けた方がよいくらいでした。

二三五 (234) トロニエの勇士たちは、多くの軍勢が互いに
ぶつかり合ったとき、敵に大きな痛手を与えました。
勇敢なハーゲンの手にかかって多くの死者が出ましたが、
それはブルグントの国で大いに語り継がれましょう。

二三六 (235)
ゲールノートの家来であるジンドルトとフーノルト、
そして勇敢なルーモルトは、立派な働きを見せましたので、
リウデガー王はラインのわが主君たちに
戦いを挑んだことをいつまでも後悔するでありましょう。

二三七 (236)
どこかの場所では、以前にも以後にも
かつて見られなかったような最も激しい戦いぶりを
ジークフリート殿は自ら進んで見せました。
あの方は貴重な人質をこのグンター王の国へ連れて来られます。

二三八 (237)
その人質はあの麗しい方が勇力をもって捕らえたもので、
リウデガスト王も、またザクセンの
勇敢なリウデガー王も多くの痛手を被りました。
気高くて貴い王女様、私の話をお聞きください。

二三九 (238)
そのお二人をジークフリート殿が捕虜とされたのです。
あの方のおかげで今やラインへ送られてくる敵ほど
多くの人質がこの国に連れて来られたことはございません」

彼女にとってこの話ほどうれしいものはあり得なかった。

二四〇 (239)
「ここブルグント国に連れて来られるのは、王女様、お聞きください、
無傷な勇士五百余人と重傷の勇士たちで、少なくとも八十個の赤く血に染まった担架で運ばれて来るのです。
ほとんどが勇敢なジークフリート殿の手にかかった者たちです。

二四一 (240)
高慢にもラインの地に攻め込んだ者たちは、
今やグンター王の捕虜とならねばならないのです。
うれしいことに、その捕虜たちがこの国に連れて来られるのです」
彼女がこの話をしかと聞いたとき、彼女の明るい顔が赤くなった。

二四二 (241)
あの若くて愛しい勇士ジークフリートが、
幸いにも大きな苦難から逃れたことを聞いたとき、
彼女の明るい顔は喜びのあまりばら色に染まった。
彼女は一族のことも喜んだが、それは当然のことであった。

二四三 (242)
そこで愛らしい姫は言った。「よくぞ申してくれました。

あなたにはこの知らせの報酬として立派な衣裳と
黄金十マルクを取らせてあげましょう」
このため高貴な婦人方に向かってこのような知らせを伝えたくなるのである。

使者には報酬として黄金とともに衣裳も与えられた。　二四四 (243)
そのとき多くの美しい侍女《じじょ》たちが窓辺に寄って、
街道の方を眺めた。意気揚々とした大勢の勇士が
ブルグントの国に馬を進めているのが見られた。

無傷な者も、傷を負った者たちも、同様に帰って来た。　二四五 (244)
一族から恥じることなく出迎えの挨拶を受けるのが聞かれた。
主君は喜ばしげに客人たちを出迎えた。
国王の大きな憂いはこうして喜びに終わったのである。

国王は一族をも、また異国の勇士たちをも同様に出迎えた。　二四六 (245)
なぜなら、気高い国王には、今到着した勇士たちに、
彼らが戦場で勝利を収めたことに対して心から感謝する
ことのほかにはふさわしいことはなかったからである。

二四七 (246) グンター王はこのたびの遠征で戦死をしたのは誰々か、
一族のことについて報告するよう命じた。
味方で失ったのはほんの六十名であったが、
のちの英雄と同じように、彼らを嘆くことは忘れねばならなかった。

二四八 (247) 無傷の勇士たちは破れた多くの楯や
断ち切られた兜をグンターの国へ運んで来た。
彼らは宮殿の前で馬から降りた。
心からの歓迎に楽しげな歓呼の声が聞かれた。

二四九 (248) 旅に疲れた勇士たちには宿舎があてがわれた。
国王は客人たちに多くの礼の言葉を述べた。
彼は負傷者たちの看護をし、休養させるよう取り計らった。
彼の寛容《かんよう》なる徳は敵に対する態度においても眺められた。

二五〇 (249) 彼はリウデガーに言った。「よくぞ参られた。
わしはそなたのおかげで多くの損害を被ったが、

運がよければ、それも今や償われることになろう。
わしによく尽くしてくれた一族の者たちに、神の報いがありますよう」
「一族にはお礼を申し上げるがよい」、リウデガーが言った、

「このように身分の高い人質を得た国王はいません。 二五一 (250)
あなたが私と私の一族に慈悲深く恵みをかけてくだされば、
その寛大な世話に対して莫大《ばくだい》な財宝を与えましょう」

「そなたは自由にしてやろう」、国王が言った、 二五二 (251)
「ただわしの敵がここでわしのもとに滞在し、
許可なしにわしの国を立ち去らないという
保証が欲しい」そこで両者は手を取り合って、誓いがなされた。

彼らには休息が与えられ、十分にねぎらわれた。 二五三 (252)
傷を負った者は丁重にベッドに横たえられた。
無傷の者には蜜酒と良質のワインが差し出された。
従卒にとってこれ以上うれしいことはあり得なかった。

二五四 (253) 彼らの切り裂かれた楯は、運び去られて保管された。
血に染まった鞍もそこにはたくさんあったので、
婦人たちが泣かないように、隠すよう命ぜられた。
多くの勇敢な騎士たちが旅に疲れて戻って来た。

二五五 (254) 国王は客人たちをたいへん丁重にもてなした。
異国の者や自国の者たちで国はいっぱいになった。
重傷者をいとも丁寧に看護するよう命ぜられた。
敵の思い上がった気持ちもすっかり挫《くじ》けてしまった。

二五六 (255) 医術に心得のある者にはたくさんの報酬が授けられ、
銀が量《はか》らずに与えられたり、さらに輝く黄金まで与えられたが、
それは苦戦ののちに勇士たちを救ったことによるものである。
そのうえさらに国王は客人たちに多くの引出物を取らせた。

二五七 (256) 故郷へ旅立ちたいという気持ちを起こした者には、
友人であるかのように、なおもとどまるように要求された。
国王は、家臣たちへの報酬について、評定を開いた。

彼らが国王の意志をたいへん立派に実現してくれたからである。

二五八 (257) そこで王弟ゲールノートが言った。「ひとまず旅立たせて、
六週間経ったら、再び饗宴に集まるよう、
彼らに知らせたがよいでしょう。
その頃には今重傷にある多くの者たちも治るでしょうから」

二五九 (258) そのときニーダーラントの英雄も暇《いとま》を願い出た。
グンター王はその意志を聞き知ると、
もっと自分のそばにいてほしいと親しみをこめて頼んだ。
クリームヒルトのためでなければ、英雄もとどまりはしなかったろう。

二六〇 (259) そのうえ彼は、報酬を受けるにはあまりにも身分が高かった。
彼は十分な功績をあげていたので、国王は彼に好意を抱いていた。
一族の人々も同様であった。彼らは彼の勇力によって
戦闘でどのようなことがなされたのか、見ていたのである。

二六一 (260) 是非とも会いたいと思っている美しい姫のために、

彼はなおもとどまる気にもなった。やがて彼の気持ちは叶い、
それは実現された。姫と知り合いになれたのである。
のちに彼は晴れやかな気持ちで父の国へと帰ることとなるのである。

二六二 (261) 国王は常に騎士の修行にいそしむよう励ました。
多くの若い勇士たちがそれを自ら進んで行《おこな》った。
その期間中、国王はブルグントの国にやって来る
騎士たちのために、ヴォルムスの河岸に宿営を設けさせた。

二六三 (262) 彼らがいよいよ集まって来る頃になると、
クリームヒルト姫は、国王が一族郎党の者たちと
饗宴を催すという知らせを聞いた。
そこで美しい婦人方はいそいそと立ち働いて、

二六四 (263) 身に着ける衣裳や髪飾りの準備に取り掛かった。
高貴なウーテは、誇り高い勇士たちが
集まってくるという話を聞いた。
そこで保管用の皮袋からたくさんの立派な衣裳が取り出された。

二六五 (264) 息子たちの名誉のために母后《ははきさき》は衣裳を仕立てさせた。
ブルグント国の多くの婦人や侍女たち、
そして若い勇士たちはそれらでもって着飾った。
多くの異国の者たちのためにも立派な衣裳が整えられた。

第五歌章　ジークフリートがクリームヒルトに初めて会ったこと

二六六 (265) 饗宴に参加したいと思う者たちが、
今や毎日ライン河のほとりへと馬を進めているのが眺められた。
彼らは国王に敬意を払うために、この国にやって来たのである。
彼らには馬も衣裳も両方ともたっぷりと与えられた。

二六七 (266) 我々に語られているところによると、その饗宴では
最も身分高く立派な勇士や、三十二人の領主など、
すべての者に座席が丁重に準備された。
客人を迎えるためにやがて多くの若い婦人たちも美しく着飾った。

二六八 (267) 若きギーゼルヘアはたいへん忙しく立ち働いた。
彼とゲールノートは、両者の家臣たちとともに、

異国の人々や一族の者たちを丁重に出迎えた。
実際に彼らは、名誉にふさわしく、勇士たちに挨拶《あいさつ》を述べたのである。

二六九 (268)
客人たちは国王に敬意を払うため、
黄金色の鞍やきらびやかな楯と立派な衣裳とを
この国の饗宴へと持って来た。
負傷していた多くの者たちも、やがて晴れやかな気分となった。

二七〇 (269)
窓の張り出し部分に横たわり、傷に悩んでいた者たちも、
死の恐怖というものを忘れてしまった。
人々は傷ついて病んでいる者たちのことを嘆くのもやめて、
目前に迫った饗宴の日々のことを話して楽しんだ。

二七一 (270)
人々はこの饗宴をどれほど楽しみにしていたことか。
そこに見出される限りのすべての人々は、
このうえない悦楽とあふれるばかりの喜びとを抱いていた。
グンターの国では至るところ、大きな喜びが湧き起こった。

二七二 (271) 聖霊降臨祭《せいれいこうりんさい》の朝には、五千人あるいはそれ以上の
多くの優れた勇士たちが、見事な出《い》で立《た》ちで
饗宴の場へと出かけるさまが眺められた。
ブルグント国の称賛はますます高まっていった。

二七三 (272) 国王は洞察力の鋭い人だったので、ニーダーラントの英雄が
自分の妹をどのように心から愛しているかを、
見抜いていた。彼は彼女に会ったことはなかったが、
彼女はすべての若い女性たちにもまさって美しいと誰もが認めた。

二七四 彼は言った。「一族の者と家来たち皆の者ども、
のちになって咎められないように、誉れ高く
饗宴を催すにはどうしたらよいか、教えておくれ。
永続的な称賛はいずれも結局は見事に成し遂げてこそあるのだから」

二七五 (273) するとメッツの勇士オルトヴィーンは言った、
「饗宴を名誉にあふれたものにしたいのなら、
このブルグント国の誉れとなっている

美しい乙女たちの姿を皆の前に見せてください。

美しい娘や気高い婦人でなければ、 二七六(274)
男たちをうれしがらせる喜びは何でありましょうか？
あなたの妹君を客人たちの前にお見せするのです」
この進言は多くの勇士たちにとってうれしいことであった。

「喜んでそれに従うことにしよう」と、国王は言った。 二七七(275)
これを聞き知ったすべての者が、心から喜んだ。
母后《ははきさき》ウーテとその美しい娘にも、
侍女たちを従えて宮殿に出て来るよう、伝えられた。

そこで長持の中から上等の衣類が探し出され、 二七八(276)
衣裳箱に入っていたきらびやかな衣服が取り出された。
帯や腕輪が婦人たちのためにたくさん準備された。
多くの美しい乙女たちはきれいに着飾った。

多くの若い勇士たちはこの日、婦人たちに 二七九(277)

好意をもって見られたいという願いを抱き、
その代わりには国王からいただく領地をも要《い》らないとさえ思った。
彼らはまだ見知らぬ多くの女性に会いたかったのである。

二八〇 (278) 気高い国王は、妹と自分の一族である
約百人の家臣たちに対し、妹に随行するように
命じた。家臣たちは手に剣を携えていた。
それはブルグント国における廷臣たちであった。

二八一 (279) 気高い母后ウーテも姫とともに姿を現した。
彼女は立派な衣裳を身に着けた、およそ百人かそれ以上の
美しい婦人たちを付き従えていた。
今やクリームヒルトにも多くの美しい乙女たちが従った。

二八二 (280) すべての婦人たちが後宮《こうきゅう》から出て来るのが見られた。
すると勇士たちはそちらにじっと視線を送った。
彼らは美しいクリームヒルトの姿が
見られるのではないかと、期待したのである。

二八三 (281)
今や愛らしい姫は、曙《あけぼの》(21)の光が暗い雲間から
射すように姿を現した。長い間彼女のことを
心に想い続けてきた彼は、数々の恋の苦しみから解き放たれた。
彼は今や愛らしい姫が気高く立っているのを目にしたのである。

二八四 (282)
彼女の衣裳からは多くの宝石が光を放った。
彼女のばら色の顔はたいへん愛らしく輝いた。
誰が望んだにしても、この世でこれ以上美しいものを
見たことがあるとは、言うことができなかったであろう。

二八五 (283)
雲間からきらびやかな光を放つ
明るい月が、星々にもまして照り輝くと同じように、
彼女も多くの貴い婦人たちにまさって立っていた。
そのため雄々しい英雄たちの胸も大いに高鳴った。

(21) この詩節から二八九詩節までは特に十三世紀初頭当時のミンネザングの影響が読み取られる。英雄叙事詩というよりは抒情詩（ミンネザング）に近い表現である。

二八六 (284) 気高い侍従たちが婦人たちの前を歩くさまが眺められた。
意気揚々とした勇士たちは、愛らしい姫の見えるところへ
押し寄せることをやめようとしなかった。
貴いジークフリートとしては、喜びでもあり、また悩みでもあった。

二八七 (285) 彼は心の中で考えた。「私が望みどおり、
あなたの愛を勝ち得るなんて、どうしてそれができようか？
しかし、あなたが他人のままなら、私は死んだ方がましだ」
彼は彼女のために密かに喜んだり、悩んだりした。

二八八 (286) そのときジークムントの王子は、名匠《めいしょう》の技によって
羊皮紙《ようひし》に描かれたかのように、たいへん優雅な姿で
立っていた。そのように麗しい英雄は
見たことがないなどと、言い合ったほどである。

二八九 (287) クリームヒルトとともに歩を進める婦人たちは、行く先々で
道を開けるように命じると、多くの勇士たちがそれに従った。
気高い心の婦人方はたくさんの勇士を喜ばせた。

多くの立派な婦人たちはたいへん淑《しと》やかであった。

そこでブルグントの王弟ゲールノートが言った。　二九〇 (288)
「兄上グンターよ、彼はあのように好意をもって
あなたに仕えているのですから、あなたもこれらの勇士たちの前で
好意を示すがよいでしょう。私はこの進言を恥じたりはしません。

何かよいことをなさろうとするなら、ジークムントの王子　二九一 (289)
ジークフリートにクリームヒルトのところへ行くよう命じるのです。
勇士たちに挨拶したことのない彼女が、彼に挨拶することで、
我々はあの堂々とした勇士を味方にすることができるのです」

すると国王の縁者たちがその勇士のいるところへ出かけて、　二九二 (290)
ニーダーラントの王子に向かって言った。
「国王のお許しが出ましたので、どうぞ宮殿にお入りください。
彼の妹君があなたに挨拶されます。あなたの名誉を称《たた》えるためです」

立派な勇士はその話をたいへんうれしく思った。　二九三 (291)

彼はその美しい姫に会えるのだと思うと、
心の中で憂いのない喜びを抱いた。
やがて姫は愛らしい仕草でジークフリートに挨拶するのである。 二九四 (292)

意気揚々とした勇士が自分の前に立っているのを見たとき、
姫の顔は紅に燃えた。美しい乙女は言った。
「ようこそ、立派で気高い騎士ジークフリート様」
この挨拶によって彼の心は大いにときめいた。

彼は心をこめて彼女にお辞儀をした。彼女は（歩くときの習慣に従い）彼の手を取った。 二九五 (293)
勇士は姫と並んでなんと愛らしく歩を進めたことか！
勇士と姫は互いにやさしい眼差しで
見つめ合ったが、それは密かになされたのであった。

そのとき白い手が心からの愛によって 二九六 (294)
やさしく握りしめられたのかどうか、それは分からない。
しかし、それが行われなかったとは、思われない。
姫は彼に対してただちにやさしい気持ちを伝えたのである。

二九七 (295)
恋人にしたいと思う女性が自分に近づいて来たとき、
彼が抱いたような愛の喜びは、
夏の時期にも、また五月の日々にも
彼が心の中で抱いたことがないものであった。

二九八 (296)
多くの勇士は思った。「あの勇士のように、
自分も姫と手を組んで歩いたり、そばに横たわったりすることが
できたら、決して嫌な気持ちにはならないであろう」
しかし、これまで彼ほど姫のために奉仕した者はいなかったのである。

二九九 (297)
どこの王国からやって来た客人たちにせよ、
皆同様にその二人だけに視線を注いだのであった。
あの立派な男には彼女に口づけすることが許された。
彼の人生においてこれほどうれしいことはあり得なかった。

三〇〇 (298)
デンマークの国王はすぐさまこう言った。
「このような誉れ高い挨拶があればこそ、ジークフリートの手で

多くの者が傷を負わされたのだ。それはわしにも身に染みてよく分かる。
神の計らいで彼にもはや二度とわが王国に来てもらいたくはない」

至る所で美しい婦人たちのために道を開けるようにと、 三〇一 (299)
命ぜられた。多くの優れた勇士たちが
礼儀正しく姫とともに宮廷に入るのが見られた。
やがてそのきわめて麗しい勇士は姫と別れた。

姫は大聖堂へ入って行った。多くの侍女が彼女に従った。 三〇二 (300)
クリームヒルトはあまりにもきらびやかに着飾っていたので、
高望みする多くの男性の願いは失われてしまうほどであった。
彼女は多くの勇士たちには目の保養でもあったのである。

ジークフリートはミサの終わるまで、ほとんど待っていられなかった。 三〇三 (301)
彼は心に想っている女性がこのように好意を示してくれるという
幸福に対していつまでも感謝の念を捧げることができた。
彼もまた美しい姫にやさしくしたのは、当然のことであった。

姫が彼のあとから大聖堂の前に出て来たとき、　三〇四 (302)
彼が親しそうにクリームヒルトのそばに行くのが眺められた。
たいへん美しい乙女は、彼が一族よりも率先して
まこと立派に戦ってくれたことに感謝の念を示した。

「ジークフリート様、神のお恵みがありますよう」と、美しい姫は言った。　三〇五 (303)
「あなたの功績は大きく、勇士たちがあなたに
好意を抱くのも至極当然のことだとお聞きしています」
彼はクリームヒルト姫をやさしい眼差しで見つめた。

「彼らにはいつまでも尽くしましょう」と、勇士は言った。　三〇六 (304)
「私の意志ある限り、彼らの好意に奉仕することなしには、
決して私の頭を休めようとは思いません。
クリームヒルト姫よ、これもすべてあなたの恩寵《おんちょう》を得るためなのです」

それからの十二日間は、毎日毎日、　三〇七 (305)
誉れ高い姫が宮廷で国王兄弟の前に現れるときには
いつもその勇士のそばにいるのが眺められた。

そのような栄誉は勇士に対する大きな好意からなされたのである。

三〇八 (306) 歓喜と悦楽、物凄《ものすご》く大きなどよめきが、
毎日のようにグンター王の広間の内外で、
多くの雄々しい勇士たちによって引き起こされた。
オルトヴィーンとハーゲンはそこで驚くべき技量を見せたのであった。

三〇九 (307) どのような武技を行うことになっても、これらの優れた
勇士たちは、常に十分過ぎるほどの準備ができていた。
そのため勇士たちは客人たちによってよく知られていた。
そのことによってグンターの国全体が誉れに包まれていたのである。

三一〇 (308) かつて負傷して横たわっていた者たちも出かけて来た。
彼らは国王の家来たちとともに気晴らしをしようとして、
楯で身を守ったり、多くの槍を投げたりした。
多くの者が手助けをして、彼らは大きな力を示したのである。

三一一 (309) 饗宴では国王は彼らを最高の食事でもって

もてなすよう命じた。こうして彼はかつて国王たる者が
受けたようなあらゆる種類の恥辱《ちじょく》から免《まぬが》れることができた。
国王が親しげに客人たちのもとに行くのが眺められた。

彼は言った。「立派な勇士たちよ、ここを立ち去る前に
わしの贈り物を受け取っていただきたい。わしはいつまでも　三一二 (310)
感謝したいと考えているのだ。わしは心から喜んで
諸君に分け与えるつもりなのだから、それを蔑《さげす》まないでおくれ」

デンマークの勇士たちがすぐさま言った。
「私たちは故郷へ戻って行く前に、　三一三 (311)
永久的な和議を結んで、あなた方にふさわしいように、
多くの財宝と恭順《きょうじゅん》の誓いをお与えいたしましょう」

リウデガスト王はその傷が治り、
ザクセンの国王も戦いの疲れからすっかり回復していた。　三一四 (312)
彼らは多くの死者を国に残して来ていたのである。
グンター王はジークフリートのいるところへ出かけて行った。

三一五 (313) 彼は勇士に言った。「どうしたものか、教えておくれ。
わしらの敵は明日の朝に出発しようとして、
わしと一族に対して永久的な和議を望んでいる。
優れた勇士よ、この件でどうしたものか、助言していただきたい。

三一六 (314) あの勇士たちがわしに差し出そうとしているものはと言うと、
五百頭の馬で運ぶことのできるだけの黄金で、
彼らを釈放すれば、それをわしに与えようというのだ」
すると勇士ジークフリートは言った。「それはよろしくありません。

三一七 (315) あなたは何も受け取らずに彼らを帰すべきです。
ただし、二人の勇士には二度と軍勢を率いて
あなたの国に攻め込むことのないように仕向けるのです。
二人の主君にはそのような恭順の誓いを立てさせるがいいでしょう」

三一八 (316) 「その助言に従おう」、そう言って二人は別れた。
敵方にこのことが伝えられて、

彼らが先に申し出ていた黄金は誰も要求しないことになった。
故国では彼らの一族が戦いに疲れた者たちのことを気遣っていた。

三一九 (317)
財宝がたくさんの櫃に満たされて運ばれて来た。
国王はそれを量《はか》りもせずに一族の者たちに分かち与えた。
およそ五百マルクずつであるが、それ以上与えられた者もあった。
勇敢なゲールノートがグンター王にそれを進言したのであった。

三二〇 (318)
皆は出発にあたり、暇乞《いとまご》いをした。
勇士たちはクリームヒルトのところへと、
また母后ウーテの座っているところへ出かけた。
勇士たちがこれ以上丁寧に暇乞いをしたことはなかった。

三二一 (319)
彼らがそこを立ち去ると、宿舎は空《から》となったが、
国王とその一族、多くの気高い家来たちは
騎士の仕《し》来《きた》りに従ってなおもそこにとどまった。
家来たちが毎日クリームヒルトの前に出かけるさまが眺められた。

三二二 (320) 優れた英雄ジークフリートもまた暇乞いをしようとした。
彼は心に思っていることを伝えることができなかった。
国王は彼が出かけようとしている話を伝え聞いた。
若きギーゼルヘアは勇士に懇願して言った。

三二三 (321) 「気高きジークフリート殿、どこへ出かけようとなさるのか?
勇士たちのもとにとどまってくだされ。お願いだから、
グンター王とその家来たちのもとにおとどまりくだされ。
ここには多くの美しい女性もいるから、会わせてあげよう」

三二四 (322) すると猛きジークフリートは言った。「では、馬を片付けておくれ。
出かけようと思ったが、思いとどまることにしよう。
楯もしまっておくれ。故国に帰ろうと思ったが、
ギーゼルヘア殿の真心のこもった言葉でとどまる気になりました」

三二五 (323) こうして優れた勇士は友情のためにそこにとどまった。
実際に、どこかほかへ行ったにしても、この国ほど
居心地のよいところはなかったであろう。ここにいればこそ、

彼は好きなときに美しいクリームヒルトに会えたのである。

三二六 (324) 勇士がそこにとどまったのも、彼女の限りない美しさのためであった。
人々はさまざまな娯楽でもって時を過ごしていたが、
ただ彼は恋に苦しめられ、恋のためにしばしば悩まされた。
その恋ゆえに、やがて勇士は痛ましい最期を遂げるのであった。

三二七 (325) まったく新しい噂がライン河畔あたりに広まった。
身分の高い親族たちが国王に対して、
一人の女性を妻に迎えてはどうかと進言したのである。
すると権勢高き国王は言った。「わしももはやためらうことはよそう。

三二八 気高さと美しさという点で、わしとこの国のために
妃としてふさわしい女性をどこで手に入れられるか、
よく考えてみよう。妃にはわが国を差し出すことにしよう。
ふさわしい女性を見つけたら、お前たちに知らせることにしよう」

第六歌章　グンターがブリュンヒルトへの求婚を考え始めたこと

海の彼方に一人の女王が君臨していた。　三二九 (326)
彼女に比べられる女性はどこにも知られていないほどで、
彼女は限りなく美しく、その力もたいへん優れていた。
彼女は愛を賭けて勇ましい英雄たちと槍を投げ競っていた。

また石を遠くへ投げ、そのあとを追う幅跳びをも行《おこな》った。　三三〇 (327)
彼女に想いを向けようとする者は、
その三種競技[22]で生まれ貴い女性に勝たねばならなかった。
一種目でも負ければ、その者は首を失ったのである。

女王はその競技を数え切れないほど多く行った。　三三一 (328)
そのことをライン河畔で麗しい一人の騎士が聞き知り、

彼は自分の想いをその美しい女性に向けた。
そのため英雄たちがやがて命を失うこととなるのである。

三三二
ある日、国王とその家臣たちが座っているとき、
主君が妃として自分にふさわしく、また国のためにもなる
妻を迎えるためには、どのような女性を選べばよいかについて、
一同はあれこれと意見を交《か》わした。

三三三 (329)
するとラインの王は言った。「どうなろうとも、
わしは海の方へ下って行って、ブリュンヒルトを訪ねよう。
彼女の限りない美しさのためにはわしは命をも賭けるつもりだ。
彼女がわしの妻とならなければ、命を捨てる覚悟だ」

三三四 (330)
「それはやめるよう忠告します」、ジークフリートが言った、
「あの女王は実に恐ろしい習慣を続けていますので、

(22) 五、六世紀に生成したと推定されるブリュンヒルト伝説では、ブリュンヒルトの城の周りを取り囲んでいる炎の壁を飛び越えることが結婚の条件とされていたが、『ニーベルンゲンの歌』では十三世紀初頭の騎士社会に合わせて三種競技に改められている。

彼女の愛を求める者は、ひどい目にあいます。
そのため本当にその旅立ちはあきらめていただきたい」

三三五 するとグンター王は言った。「戦いにおいて
わしの手で勝ち得られないほど、
強くて勇敢な女性はかつていなかった」
「そう言えるのも」、ジークフリートは言った、「彼女の力を知らないからです。

三三六 あなたのような人が四人いたとしても、彼女のひどい怒りに触れては
生き残ることはできません。そのような意志は捨てるよう、
真心こめて忠告いたします。あなたが死にたくないならば、
執拗《しつよう》に彼女の愛を求めることはやめるがいいでしょう」

三三七 (331) 「では、わしの助言を申し上げよう」、ハーゲンが言った、
「この大きな心配事にはジークフリートにも
手伝っていただくというのが、私の進言です。
彼はブリュンヒルトのことをよく知っていますから」(23)

彼（グンター）は言った。「勇士ジークフリート殿、愛《いと》しい女性への求婚に　三三八 (332)
手を貸してはくれまいか？　わしの願いを果たしてくれて、
その立派な女性がわしの妻となるようなら、
わしはそなたのために名誉も身命をも惜しまないつもりだ」

それに対してジークフリートが答えた。「どうなろうと、　三三九 (333)
あなたの妹、立派な姫君、美しいクリームヒルトを
私にお与えくださるなら、あなたのお役に立ちましょう。
この困難な仕事にはそれ以上のどんな報酬も望みません」

「それは」、グンターが言った、「約束しよう、ジークフリート殿。　三四〇
美しいブリュンヒルトがこの国へ来たら、
わしの妹をそなたの妻にしてあげよう。
そうすればそなたは美しい姫といつまでも楽しく暮らせよう」

こうして気高き勇士たちは誓いを立てた。　三四一 (335)

(23) ニーベルンゲンの詩人は古い伝承に基づいて、ジークフリートが以前に彼女に出会ったことがあるとしている。

しかし、そのため彼らが美しい女性をラインへ連れて来るまでには、
彼らの苦労はますます大きくなったのであった。
勇士たちはそのために大きな憂き目にあうこととなるのである。

粗野な侏儒《こびと》族について語られているのを私は聞いたことがあるが、　三四二
彼らは山の洞窟に住んでいて、身を守るために
隠《かく》れ蓑《みの》というすばらしい性能の頭巾を被《かぶ》っているという。
それを身に着けると、武器で打たれたり、突き刺されることから

安全に身を守ることができるし、それにくるまっていれば、　三四三
誰にも姿を見られない。自分の思うとおりに、
聞くことも見ることもできるが、誰にも見られないのである。
また物語に語られているように、よりいっそう強い力も具《そな》わるという。

その隠れ蓑をジークフリートは携えていた。　三四四 (336)
勇敢な英雄はそれをアルベリヒという
侏儒から苦労のすえ勝ち取ったのであった。
勇敢で立派な勇士たちは旅立ちの準備に取り掛かった。

三四五 (337)
屈強のジークフリートが隠れ蓑を身に着けると、
身体の中に大きな力が生じてきて、
語られているとおり、十二人分の男の力が加わった。
彼はこの驚くべき策略ですばらしい女性を打ち負かすのである。

三四六 (338)
またこの隠れ蓑は、これを身に着けた者は皆、
自ら望むことをなすことができて、
しかも誰の目にも見られないという機能を備えていた。こうして
彼はブリュンヒルトを勝ち得たが、それがのちに災いとなるのである。

三四七 (339)
「教えておくれ、ジークフリート殿、我々が出かける際に、
十分な名誉を保って海へ漕ぎ出すためには、
我々はブリュンヒルトの国に騎士を連れて行くべきだろうか？
二千人の勇士ならすぐに集めることはできるのだが」

三四八 (340)
「どれほど多くの兵を連れて行こうと」、ジークフリートは言った、
「あの女王は恐ろしい習慣を持っていますので、

誰もが彼女の高慢によって倒れてしまわねばならないでしょう。
勇敢で立派な勇士よ、もっといいことを教えてあげましょう。

我々は武者修行の体《てい》でライン河を下って行くのです。 三四九 (341)
旅に随行する者の数を言いましょう。
私たち二人のほかは二人だけで、それ以上は必要ありません。
あとで何が起ころうと、それであの婦人を手に入れるのです。

一行のうちまず一人目がそなたで、二人目がこの私、 三五〇 (342)
三人目がハーゲンで、(これで我々は生き残れましょう)
四人目が勇敢な騎士ダンクヴァルトです。
敵が千人であろうとも、戦いで我々に打ち勝つことはできないでしょう」

「我々がここを出発する前に」、国王は言った、 三五一 (343)
「知っておきたいことがある。これはわしにはとてもうれしいことだが、
ブリュンヒルトの前に出るときには、どのような衣裳を身に着ければ
我々にふさわしいだろうか。それをこの機会に教えておくれ」

三五二 (344) 「ブリュンヒルトの国では、この世で見出され得る
最上の衣裳をいつも身に着けています。
それゆえ女王の前では、この話が噂になったとき
恥をかかないように、立派な衣裳を身に着けるべきです」

三五三 (345) そこで立派な国王が言った。「では、わし自らが
優しい母上のところへ参って、美しい乙女たちがわしらのため、
立派な女王の前でも誇らしげにいられるような
衣裳を整えてくれるかどうか、頼んでみよう」

三五四 (346) するとトロニエのハーゲンが上品な言葉使いで言った。
「そのような仕事をなぜ母君にお願いされるのですか？
我々が考えていることは、あなたの妹君にお聞かせなさい。
妹君は裁縫《さいほう》も器用ですから、見事な衣裳を作ってくれましょう」

三五五 (347) そこで国王は、自分と騎士ジークフリートが会いたい旨を
妹に伝えさせた。対面が行われる前に、
美しい姫は申し分なくきれいに着飾った。

その対面は彼女にとって喜ばしくうれしいことであった。

三五六 (348) 彼女の侍女たちもまたその身にふさわしく着飾った。
二人の王がやって来たことを聞くと、
彼女は座席から立ち上がって、気高い客人と
自らの兄をも礼儀正しく出迎えた。

三五七 (349) 「兄上様とお連れのお方、よくお越しくださいました。
お話を伺いたく思います」、姫が言った、
「この住まいへお出でなされたとは、何をお望みでしょうか。
貴いお二人が思っておられることを、私にお聞かせください」

三五八 (350) すると立派な国王は言った。「妹よ、では言おう。
我々は元気そうに見えても大きな心労をかかえているのだ。
我々は遠い異国へ求婚の旅に出かけようと思うのだが、
その旅立ちには立派な衣裳が必要なのだ」

三五九 (351) 「まずお座りください、兄上様」、姫は言った、

「あなたが愛を求めて異国へお出かけなさろうとする
その女性とはどういう方なのか、その話をお聞かせください」
姫は選り抜きの二人の勇士の手を取った。

三六〇 (352) 姫は勇士たちとともに元の座席に戻った。
信じてほしいことだが、立派な長椅子が
床《ゆか》の至るところに置かれてあったのである。
勇士たちは姫のもとでのちに十分にくつろぐことができた。

三六一 (353) 勇士と姫の二人の間には、とても優しい目くばせや
愛情のこもった眼差《まなざ》しが何度も取り交わされた。
彼は心の中で彼女を育《はぐく》み、彼女は彼にとって命であった。
彼は十分な奉仕によって、やがて彼女を妻に迎えたのであった。

三六二 (354) グンター王は言った。「貴いわが妹よ、
我々の計画はそなたの助けなしでは実現しないのだ。
我々はブリュンヒルトの国へ求婚の旅に出かけたいのだが、
そのために婦人の前で身に着ける立派な衣裳が必要なのだ」

三六三 (355) すると王女は答えた。「優しい兄上様、
そのことで私にお手伝いできることなら何でも、
手助けしてあげるつもりでいることをご承知おきください。
誰か拒む人があるとしたら、クリームヒルトには悲しいことです。

三六四 (356) 気高い騎士の兄上様、そのように心配そうに頼まないで、
堂々とした態度で私にお命じくださいまし。
あなたの気に入ることなら、私は何でも進んでしてあげる
心づもりでいますから」と、品位のある乙女は言った。

三六五 (357) 「愛しい妹よ、我々は立派な衣裳がほしいのだ。
それを調達するためにそなたの白い手を貸していただきたい。
そなたの侍女たちが我々にふさわしいように実現してくれよう。
わしはどんなことがあってもこの旅をあきらめたりはしないから」

三六六 (358) すると姫は言った。「拒んだりはいたしません。
私は自分で手元に絹地を持っています。さあ、楯に宝石を載せて、

私たちのもとに運ぶよう命じてください。そうすれば兄上が
気高い女王の前で華やかに着ることのできる衣裳を作りましょう。

あなたと一緒に着飾って」、王女が尋ねた、　三六七 (359)
「求婚の旅に出かける供の方はどなたでしょうか？」
「それはわしとジークフリート、そして二人の家来だ。
ダンクヴァルトとハーゲンが我々の求婚の旅について行くのだ。

それで、愛しい妹よ、我々の言うことに注意してもらいたい。　三六八 (360)
我々四人が四日間、三通りの衣裳を
着られるようにするのだ。しかもブリュンヒルトの国を去るときに
恥ずかしくないように、立派な衣裳にしてほしいのだ」

姫は勇士たちにそのことを約束すると、二人はそこを立ち去った。　三六九 (361)
そこで王女クリームヒルトは自分の侍女たちのうち、
このような仕事に優れた腕を持っている
三十名の娘に対して、後宮から出て来るよう命じた。

三七〇 (362) 雪のように白い、あらゆる種類の絹と、
クローバーのように緑色をしたツァツァマンク(24)国産の布地に、
彼女は宝石を縫い付けて、立派な衣裳が出来上がった。
愛らしい姫クリームヒルトが自らそれらを裁《た》ったのである。

三七一 (363) 入手できるだけの珍しい川獺《かわうそ》の皮を裏地にして、
それを絹で覆い、その中に黄金をちりばめたが、
それは見る人々にも立派なものであった。
このきらびやかな衣裳については大いにほめ称えることができよう。

三七二 (364) かつて王族が手に入れたうちでも最も優れた、
モロッコ(25)やリビアの国から産した
絹地を彼女は十分に持っていた。
王女は彼らに好意を抱いていることを十分に示したのである。

三七三 (365) 彼らは華やかな行列の旅を望んでいたので、
白鼬《おこじょ》のような珍しい皮でもつまらないものに思えた。
そこでそのうえに炭のように黒い上等の絹地が配られた。

それは饗宴において優れた勇士たちにふさわしいものであろう。

アラビアの黄金からたくさんの宝石がきらめいた。　三七四(366)
婦人たちの熱心な仕事ぶりは並大抵のものではなかった。
六週間後には彼女らは衣裳を用意したのであった。
武器もまた立派な勇士たちのために整えられた。

準備が整った頃には、一行のためにライン河の上に　三七五(367)
丈夫な船が入念に準備されていた。
その船で彼らは河を下って海へ出る予定だったのである。
美しい若い乙女たちは仕事のために疲れ果てていた。

そこで勇士たちには、彼らが身に着けて行くべき　三七六(368)
立派な衣裳が出来上がったことが伝えられた。
勇士たちが望んだとおりのことが、今やなされたのである。

(24) アフリカあるいは東洋にあると伝えられ、中世では絹の産地と考えられていた。この名称はヴォルフラム・フォン・エッシェンバッハの叙事詩『パルチファル』（第一巻）にも見出される。(25) いずれもアフリカの地名。

彼らはもはやこれ以上ラインにとどまろうとしなかった。

三七七 (369) やがて一行の勇士たちに使者が遣わされた。
新しい衣裳が勇士たちに短か過ぎるか、
長過ぎるかをためしてほしいというのである。
彼らが婦人たちに心から感謝したのも当然のことであった。

三七八 (370) 彼らが誰の前に出ても、誰もがこの世で
これ以上美しいものを見たことはないと認めざるを得なかった。
それゆえ彼らは宮廷にもそれを喜んで身に着けて出かけた。
これにまさる勇士たちの衣裳については、誰も語ることはできないであろう。

三七九 (371) そこでは熱心に感謝の言葉が繰り返された。
意気揚々とした勇士たちは婦人たちに暇乞いをしようとした。
勇士たちは騎士の作法に従って別れの挨拶をした。
そのため輝く目は流す涙で曇り、また濡れたのであった。

三八〇 (372) 姫が言った。「優しい兄上様、やはりここに残って、

ほかの婦人に求婚なさいませ。その方がよいと思います。
ここなら命を危険に晒《さら》すことはございませんもの。
もっと近くに同じように身分の高い婦人が見つかりましょう」

三八一 (373) 彼女の胸はそれによって起きることを予感したものと思われる。
誰かがどれほど慰めても、婦人たちは皆泣いた。
彼女たちの胸の前にある黄金の飾りも、涙のために曇った。
彼女たちの目からは涙がとめどなく流れ落ちた。

三八二 (374) 姫は言った。「ジークフリート様、私の兄のことは
あなたの真心と愛情に委ねさせてください。
どうかブリュンヒルトの国で兄に何事もございませんよう」
勇士は自ら進んで彼女の手を握って、それを誓った。

三八三 (375) 優れた勇士は言った。「姫よ、私の命がある限り、
あなたはちっとも心配なさる必要はありません。
私が兄上を無事に再びラインへ連れ戻してあげましょう。
それを命に賭《か》けて誓います」美しい乙女は彼にお辞儀した。

三八四 (376) 彼らの黄金色の楯は河岸に運ばれ、
すべての衣裳も彼らの船のところにもたらされた。
彼らの馬も引き出された。彼らはこうして出発しようとした。
すると美しい婦人たちは多くの涙を流した。

三八五 (377) 愛らしい乙女たちは窓辺に立っていた。
帆を張った船は、強い風に乗って動き始めた。
誇り高い一行の勇士たちはライン河を下って行った。
そこでグンター王が言った。「誰が船頭を務めたらよいのか?」

三八六 (378) 猛きジークフリートは言った。「私が波路を越えてあなた方を
ご案内できましょう。それをご承知おきください、天晴《あっぱ》れな勇士たちよ。
正しい航路は私がよく心得ていますから」
喜び勇んで彼らはブルグントの国を出発して行った。

三八七 (379) ニーダーラントの王子は棹《さお》を手に取った。
優れた勇士は船を岸から突き放した。

勇敢なグンターは自ら舵《かじ》を握った。
一行は陸をあとにして、まことに晴れやかな気分であった。

三八八 (380) 彼らは十分な食糧に加えて、ライン周辺のどこかで
見出せる限りの最上のワインを携えて行った。
ハーゲンの弟ダンクヴァルトは腰を下ろして、
力強く漕いだ。彼の心はこのうえなく晴れ晴れとしていた。

三八九 (381) たいへん丈夫な帆綱《ほづな》がひきしぼられて、
彼らは夜になるまで数十マイルも進んで行った。
喜び勇んで彼らは海を下って行った。
その勇ましい努力も気高い勇士たちにはやがて悲しみとなるのである。

三九〇 (382) 伝え聞いたところによると、十二日目には
彼らは風に運ばれて、遠いブリュンヒルトの国の
イーゼンシュタインあたりまでやって来ていた。
トロニエのハーゲンはその国のことをまったく知らなかった。

第七歌章　グンターが仲間を連れてアイスランドに到着したこと

三九一 (383) グンター王は多くの城と広々とした領土を
目にすると、ただちに言った。
「わが友ジークフリートよ、知っておられるなら、教えておくれ。
これらの城と立派な国は誰のものなのか？

三九二 嘘偽りではないが、わしはこれまでの人生で、
ここの我々の前にあるほどきれいに整備された城を
どこの国でも見たことはない。
ここにそれらを建てた者は、まこと権勢高い者であろう」

三九三 (384) ジークフリートは答えた。「私はよく知っています。
あれはブリュンヒルトの領国で、

私がお聞かせしていたイーゼンシュタインの城です。
あなたは今日中にも多くの美しい婦人方を見ることができましょう。

三九四 (385) そこで勇士の方々に助言しておきますが、心を一つにして、
我々は同じことを口にするのがよろしいかと思います。
我々が今日中にもブリュンヒルトに対面するときは、
用心して王妃の前に立たなければなりません。

三九五 (386) すなわち、美しい女王が彼女の家臣たちのそばにいるのを見たら、
立派な勇士たちよ、あなた方は言うことを一つにしていただきたい。
つまり、グンターは私の主君であり、私はその家来であると。
そうすれば王女を求めての我々の計画もうまく実現することでしょう」

三九六 (387) 彼らは彼によって約束させられたことを了承した。
思い上がってそれを止《と》める者は誰もおらず、
彼らは彼の助言どおりのことを口にした。そのためグンター王が
美しきブリュンヒルトに会ったとき、事がうまく進んだのである。

三九七 (388) 「私がこういうことをお約束するのも、あなたのためというよりは、
美しい姫クリームヒルトのためです。
姫は私にとって魂であり、私自身の命のようなものです。
私がこうしてお仕えするのも、彼女を妻にしたいからなのです」

三九八 (389) こうしているうちに彼らの船は城の近くに
進んで行った。すると国王は上方の窓辺に
多くの美しい乙女たちが立っているのを目にした。
勇敢で優れた勇士（グンター）は尋ねた。

三九九 (390) 「友ジークフリートよ、どうかわしのため教えておくれ。
あそこから波の上の我々を見下ろしている
婦人や乙女たちをそなたはご存じであろうか。
彼女らは気高い心ばえにふさわしく振る舞っている」

四〇〇 (391) すると勇敢なジークフリートが答えた。「あなたはここから
心密かに窺《うかが》って、もし自分の思いどおり自由になるなら、
どの女性をお選びになるか、私におっしゃってください」

四〇一 (392) 「そうすることにしよう」と、勇猛果敢な騎士グンターは言った。
「婦人たちの中で、あそこの窓辺に白い衣裳を身に着けて
立っている女性が一人見えるが、彼女はいかにもきれいだ。
わしの目は彼女に引きつけられる。姿かたちもたいへん美しい。
わしの思いどおり自由になるなら、彼女を妻にしたいところだ」

四〇二 (393) 「あなたの目はまさにその人をお選びになりました。
あの人こそ、あなたが心も身体も魂も捧げておられる
美しい女性、屈強のブリュンヒルト様です」
彼女の振る舞いはすべてグンターには好ましく思われた。

四〇三 (394) そのとき女王は自分の愛らしい侍女たちを窓辺から
退かせた。彼女たちは異国の者たちの目につくところに
立っていてはいけなかったので、それに従った。
婦人たちの振る舞いについては、のちに我々にも語られている。

四〇四 (395) 美しい女性たちは、いつもの習慣に従って、

見知らぬ客人たちを迎えるために化粧した。
彼女たちは勇士たちの姿の見える
狭い窓辺に近づいたが、まさに彼らを眺めるためであった。

この国にやって来たのは、四人だけであった。 四〇五 (396)
猛きジークフリートは一頭の馬を手に取った。
そのさまを窓越しに美しい婦人たちが見ていた。
そのためグンター王がのちに地位の高い者として認められたのである。

グンター王が鞍に跨《また》がるまで、 四〇六 (397)
ジークフリートは立派で美しい、大きくて丈夫な、
堂々とした馬の手綱《たづな》を支えていた。
こうしたジークフリートの奉仕を、のちに彼（グンター）は忘れたのである。

ジークフリートは自分の馬をも船から下ろした。 四〇七 (398)
鐙《あぶみ》のそばで勇士に仕えるという奉仕を、
彼はかつてしたことがなかった。
そのさまを窓越しに美しく気高い婦人たちが眺めていた。

勇壮な騎士たちの馬と衣裳は、　四〇八 (399)
まさにすべて揃ったように、一様に
雪のように白かった。立派な楯も
麗しい勇士たちの手元で光り輝いていた。

堂々とブリュンヒルトの広間の前に進む　四〇九 (400)
彼らの鞍には、宝石がちりばめられ、胸懸《むながい》は細かった。
鞍の横にはきらきらと輝く黄金の鈴がかけられていた。
彼らがこの国に到着したさまは、その勇力にふさわしいものであった。

彼らは新しく研《と》いだ槍と立派な剣を携えていたが、　四一〇 (401)
その剣は麗しい男たちの拍車にまで達していた。
勇士たちの携えていた剣は、鋭くて、そのうえ幅広のものであった。
これらすべてを愛らしい女王ブリュンヒルトは眺めていたのである。

ダンクヴァルトとハーゲンもジークフリートに続いた。　四一一 (402)
さあ、話を聞くがいい。勇士たちはなんと

カラスのように黒い、立派な衣裳を身に着けていたことか。
彼らの楯は美しく、立派で、大きくて幅広のものであった。

四一二 (403) 彼らはインド国の宝石を身に着けており、
それが彼らの衣裳の上できらめいているのが見られた。
彼らは番人も付けずに船を岸辺に残して来た。
こうして勇敢で立派な英雄たちは城に馬を進めたのである。

四一三 (404) 城の中には八十六の塔が建っており、
三つの広い客殿と一つの立派な広間があった。
草のように緑色の立派な大理石で築かれた
その広間の中に、女王が侍女たちとともにいた。

四一四 (405) 門は開けられたままで、城は開け放たれていた。
ブリュンヒルトの家来たちが彼らの方に駆け寄り、
丁重に勇士たちを女王の国で出迎えた。
彼らは客の馬を預かり、楯をも客人たちの手から受け取った。

一人の侍従《じじゅう》が言った。「剣ときらめく鎧《よろい》もまた　四一五 (406)
お預かりいたしましょう」「それはならぬ」と、
勇敢なハーゲンは答えた。「それは我々自身が身に着けておこう」
そこでジークフリートがこの宮廷の仕来《しき》たりについて一同に話した。

「申し上げますが、この城ではどんな客人も　四一六 (407)
武器を身に着けてはいけないことになっています。
武器は預けておいてください。それがよろしいかと思います」
グンター王の家来ハーゲンはしぶしぶそれに従った。

客人たちには酒が振る舞われ、休息が与えられた。　四一七 (408)
多くの優れた勇士たちが豪華な衣裳を身にまとって
あちこちから宮廷に駆けて来るのが眺められた。
勇敢な客人たちを一目見ようとして集まって来たのである。

見知らぬ勇士たちが見事な衣裳を身に着けて、　四一八 (409)
海を越えて船でやって来たことが、
ブリュンヒルトに伝えられた。

四一九 (410) そのため美しくて立派な女王は尋ねた。
「聞かせてもらいたい」と、女王は言った。
「私の城に堂々とした出で立ちでやって来た
見知らぬ勇士たちはいったい何者であろう。
どういう用件で勇士たちはここにやって来たのだろうか」

四二〇 (411) すると家臣の一人が言った。「女王様、申し上げられるのは、
私は彼らの誰にも会ったことはありませんが、
あの中にジークフリートに似た者がいるということです。
その男は丁重に歓迎してください。それが私の真心からの助言です。

四二一 (412) 一行の中のもう一人は(26)、たいへん誉れ高い者のようです。
それだけの権力さえあれば、広大な国土を
手に入れた暁《あかつき》には、立派な国王ともなられるような人物です。
他の勇士たちと並んで立っていても、ひときわ立派に見えます。

四二二 (413) 一行のうちの三人目は(27)、ひんぱんに荒々しい眼つきを

見せますので、たいへん怖い男ですが、
しかし、立派な身体つきをしています、女王様。
彼は残忍な心を持ち合わせているように思われます。

あの中で一番若い勇士(28)は、たいへん誉れ高い者のようです。 四一三 (414)
貴い勇士で、清純そうな淑《しと》やかさで、礼儀も正しく、
愛嬌《あいきょう》をこめて振る舞っている様子が見られます。
ここで誰かが彼に無礼を働けば、我々皆にとっては怖い存在です。

彼がどんなに喜ばしく礼儀を守り、身体がどんなに端麗であろうと、 四一四 (415)
ひとたび怒り始めたら、彼は多くの美しい婦人方を
泣かせるような男です。彼の身体つきはそのように見えます。
彼はすべての点において勇猛果敢な勇士でございます」

すると女王は言った。「では、私の衣裳を持って来ておくれ。 四一五 (416)
猛《たけ》きジークフリートが私の愛を求めて
この国に来たとあれば、あの人の命に関わることだ。

(26) グンター王を指す。(27) ハーゲンを指す。(28) ダンクヴァルトを指す。

彼を恐れはしないから、私が彼の妻になることなどありはしない」

四一六 (417) 女王はすぐさま美しい衣裳に着替えた。
百名以上の多くの美しい侍女たちが
彼女に付き従ったが、いずれもきれいに着飾っていた。
多くの愛らしい女性は客人たちを一目見ようとしたのである。

四一七 (418) ブリュンヒルトの家来であるアイスランドの勇士たちが
付き従った。五百人あるいはそれ以上が
手に剣を携えており、それは客人たちに不安を与えた。
勇猛果敢な英雄たちは座席から立ち上がった。

四一八 (419) 女王はジークフリートを見ると、
礼儀正しくその勇士に話しかけた。
「ジークフリート様、ようこそこの国へお越しくださいました。
今度の旅はどういうご用向きか、知りたく思います」

四一九 (420) 「恵み深い王女であるブリュンヒルト様よ、

ここに私の前に立っておられる優れた勇士に先立って
ご挨拶をいただいたことは、まことに光栄に存じます。
しかし、この方は私の主君なので、この光栄はご辞退いたします。

四二〇 (421) 申し上げますが、この方はラインの生まれで、
あなたのためにこの国へやって来られたのです。
何が起ころうと、この方はあなたの愛を求めようとされています。
今すぐお考えください。わが主君はあなたをあきらめたりはしません。

四二一 (422) この方は名をグンターといい、高貴な国王です。
あなたの愛を得られれば、それ以上は何も望んではおられません。
この立派な勇士が私に旅立ちを命じられたのです。
自信がありませんので、できればお断りしたかったのですが」

四二二 (423) 彼女が言った。「この方があなたの主君で、あなたがその家来なら、
競技はこの方といたしましょう。彼が競技に勝って、
勝利を宣言されたら、私は彼を愛することにしますが、
逆の場合には彼に死んでいただき、私は彼の妻にはなりません」

四二三 (424) するとトロニエのハーゲンが言った。「女王よ、では、あなたの腕前を
見せていただきましょう。わが主君があなたの勝利を
認める前に、あなたはひどい目にあわれることになりましょう。
王は美しい姫を手に入れるご所存なのですから」

四二四 (425) 「では、まず石を投げて、そのあとを追って跳び、
槍を私に向かって投げつけるのです。あわててはなりません。
よく考えるのです」と、美しい女性は言った、
「その一つでも負ければ、あなた方皆の命に関わります」

四二五 (426) 勇猛なジークフリートは国王に歩み寄って、
害など受けることはないから、自分の意思を
女王に伝えるようにと勧めた。
「彼女が思い上がって予想しているのとは、反対の結果となりましょう」

四二六 (427) するとグンター王は言った。「気高い女王よ、
では、望むところを申されよ。三種目以上であっても、

私は美しいそなたのために打ち勝ってみせよう。
私の妻とならないくらいなら、私の首を差し出すことにしよう」

四二七 (428) 女王は彼の言葉を聞くと、
いつものように急いで競技をすることを伝えた。
彼女はただちに闘いの衣服と丈夫な鎧と
立派な楯を持って来るようにと命じた。

四二八 (429) 姫は絹で作った鎧の下着を着用したが、
それはリビア産の絹織物で、きわめて立派なものであり、
どんな戦闘においても武器で切り裂かれたことはないものであった。
金糸を織り込んだ絹紐《きぬひも》がその上できらきらと輝いていた。

四二九 (430) その間中、これらの勇士はひどく怖れを感じていた。
ダンクヴァルトとハーゲンは心楽しく思わず、
国王はどうなることかと、心の中は心配であった。
彼らは考えた。「今回の旅は我々勇士には災いとなろう」

四四〇 (431) そうしているうちに策略を弄《ろう》するジークフリートは、
誰にも気づかれぬように、船に戻った。
そこに彼は隠れ蓑を隠していたのである。
彼がすぐにそれを被ると、誰の目にも彼の姿は見えなくなった。

四四一 (432) 彼は急いで引き返すと、女王が大きな試合を
しようとしていた場所に、多くの勇士が集まっていた。
彼は人知れずそこへ近づいた。それは秘策のおかげであったが、
そこにいた人たちは誰も彼に気づかなかった。

四四二 (433) 試合場は線で示されていた。そこで見物しようとする
多くの立派な勇士たちの前で競技が行われるのである。
七百人以上が武器を携えているのが眺められた。
どちらが競技に勝つか、その勇士たちが判定を下すのである。

四四三 (434) 今やブリュンヒルトがやって来た。彼女はまるで
王国すべてを賭けて闘うかのように、武装していた。
彼女は絹の衣服の上に多くの鋼《はがね》の留め金をまとっており、

その下から彼女の愛らしい肌の色が美しく輝いていた。

四四四 (435) そこへ彼女の家来たちもやって来て、ただちに黄金《こがね》作りの
輝かしい楯を運んだのであったが、
それは鋼の堅い留め金のついた、大きくて幅の広いもので、
その楯で身を守りながら、立派な乙女は競技を行おうとするのである。

四四五 (436) 女王の楯の紐は上品な打ち紐であり、
それには草よりも緑色をしている宝石がちりばめてあった。
それらのいろいろな宝石は黄金に反映して輝いていた。
彼女の愛を得ようとする者は、大きな賭けをせねばならないのである。

四四六 (437) 楯の隆起のあるところは、およそ三指尺《しやく》の厚さであったと
我々に伝えられているが、それを女王は手に持つのである。
それは鋼鉄と黄金とで見事に作られており、
女王はそれを家来と四人で辛うじて運んで来たのである。

四四七 (438) 勇猛なハーゲンはその楯が運ばれて来るのを見た。

するとこのトロニエの勇士はひどくいらいらした気持ちで言った。
「どうしたことか、グンター王よ。我々は命を失いますぞ！
あなたが愛しようと欲している人は、悪魔の女性ですぞ」

四四八 (439) 女王が多く持っていた衣裳について、お聞きいただきたい。
彼女はアツァガウク㉙の絹で作った、気品のある豪華な
軍衣を身に着けていたが、その女王の
色あざやかな軍衣からは多くの見事な宝石が輝いていた。

四四九 (440) その女王のもとへ、彼女がいつも投げている
重くて、そのうえ大きくて、たいへん丈夫な槍が運ばれて来た。
それは鋭くて丈夫なもので、大型で幅広く、
先端の刃はひどく恐ろしいほどの切れ味を持っていた。

四五〇 (441) この槍の重さについて噂されている驚くべき話を聞いていただきたい。
そのためにはおよそ三メッセ半㉚の鉄が使われており、
ブリュンヒルトの家来三人が辛うじてそれを運んだという。
勇敢なグンター王はひどく心配になってきた。

彼は心の中で思った。「これはどういうことか？ 四五一 (442)
地獄の悪魔でも、それからどうして生き残ることができようか？
わしが生きてラインへ帰ることができたら、
もはや永遠に彼女を愛そうと思うことはないだろう(31)」

想像されるとおり、彼は心配で、心楽しまなかった。 四五二
すべての武具が彼のもとに運ばれて来たので、
権勢高い国王はそれらで十分に武装した。
不安のあまりハーゲンはあやうく正気を失うところであった。

ブルグント国の勇猛なダンクヴァルトは言った。 四五三 (443)
「この求婚の旅はいつまでも悔やまれることだろう。
我々はこれまで勇士と呼ばれてきたが、この国で女が

(29) 東洋にあると伝えられ、ツァツァマンク（三七〇詩節の注参照）と同様に、絹の産地と考えられている。(30) メッセ（messe）とは一定量の貴金属の塊のことであるが、その重量は現在では不明である。(31) このグンター王の想いは、二八七詩節でジークフリートがクリームヒルトを目の前にしたときの表現とコントラストを成している。ジークフリートの場合は「ミンネの悩み」であったのに対して、グンター王の場合は「恐怖」である。

我々を滅ぼすとしたら、なんという死恥《しにはじ》を晒《さら》すことか！

四五四 (444) この国へやって来たことは、まことに残念でならない。
だが、わしの兄ハーゲンがその武器を手にし、
わしも自らの武器を手にしたら、ブリュンヒルトのすべての家来は
それほどまでに傲慢《ごうまん》な気持ちではいられないことだろう。

四五五 (445) 誓って約束するが、彼らの態度を押さえてやろう。
たとえわしが和平のために千度も誓いを立てたにしても、
わが親愛なる主君が死ぬのを見るくらいなら、
あの美しい女王から命を奪い取ってしまうつもりだ」

四五六 (446) 「我々は捕虜とならずにこの国を立ち去るべきだ。
わしと弟ダンクヴァルトが、闘いに必要な武具と、
我々の立派な剣を持ってさえいたら、
あの女王のひどい慢心を十分に挫《くじ》いてやるところだが」

四五七 (447) 勇士（ハーゲン）が言ったことを、女王はしかと聞いた。

口に笑みを浮かべて、彼女は肩越しに振り返って見た。
「彼は勇敢だと思っているので、軍衣を持って来てあげなさい。
鋭い武器も勇士たちの手に返してあげるのです。

彼らが武装しているか、武具を持っていないか、　四五八
それはどうでもよいことです」と、女王は言った。
「私はこれまで出会った勇士の誰をも恐れたことはありません。
闘いでそれぞれを相手にして打ち勝ってみせましょう」

姫が命じたとおり、勇士たちが剣を手にすると、　四五九（448）
たいへん勇敢なダンクヴァルトは喜びのあまり赤くなった。
「さあ、望みどおりの競技をしよう」と、俊敏な男は言った。
「我々が武器を手にしたからには、グンター王は負けたりはしないぞ」

ブリュンヒルトの力はきわめて大きなものに思われた。　四六〇（449）
競技場の彼女のもとに重い大理石が運ばれて来たが、
それは大きくて頑丈で、ずっしりと丸いものであった。
勇猛果敢な勇士十二人が辛うじてそれを運んで来たのである。

四六一 (450)
彼女は槍を投げてから、その石をいつも投げるのであった。
ブルグント側の心配はひどく大きくなった。
「ああ」、ハーゲンは言った、「国王はなんという恋人を所望《しょもう》されたことか！
あの女王は地獄で悪魔の花嫁となればよいのだ」

四六二 (451)
その白い腕から彼女は袖《そで》をまくりあげた。
彼女は楯をその手にしっかりと握った。
槍を高く振り上げた。こうして試合が始まったのである。
グンターとジークフリートはブリュンヒルトの闘志を恐れた。

四六三 (452)
猛きジークフリートがただちに手助けに来なかったら、
女王は国王から命を奪い取っていたであろう。
彼は密かにそこに近づいて、国王の手に触った。
グンターはこの秘策にたいへん驚き、不安になった。

四六四 (453)
「わしに触ったのは何者だ？」と、勇敢な男は考えた。
彼はあたり一面を見回したが、誰もそこにはいなかった。

勇士は言った。「あなたの味方ジークフリートです。
女王に対しては、全然恐れる必要はありません。

四六五(454) その楯を私に手渡して、私に持たせてください。
そして私の助言に耳を傾け、私の言うことを聞いてください。
あなたは身振りをするだけです。実際の技は私がいたします」
この言葉を聞いて、国王は勇気が湧いてきた。

四六六(455) 「この秘策は隠しておくのです。それが我々二人にはよいことです。
これで女王は、自分が望んでいる大きな傲慢な行為を
あなたに対して成し遂げることはできません。
ご覧なさい、彼女が試合場であなたになんと恐れをなしているか」

四六七(456) そこで屈強の乙女は、大きくて幅の広い
楯をめがけて、力いっぱい槍を投げた。
その楯を手にしていたのは、ジークリンデの王子（ジークフリート）であった。
風が吹き起こったかのように、鋼鉄から火花が飛び散った。

四六八 (457) 丈夫な槍の穂先は、楯を貫いたので、
鎧から火花が飛び散るのが見られた。
この投槍の威力に勇猛な男たちは二人ともよろめいた。
彼らはひどくあわてふためき、あやうく命を落とすところであった。

四六九 (458) 勇敢なジークフリートの口からは、血がどっと流れ出てきたが、
彼はすぐに立ち上がった。立派な勇士は、
彼の楯を貫き通した女王の槍を手に取り上げた。
勇敢な彼はそれを彼女めがけて投げ返すのである。

四七〇 (459) 彼は考えた。「私は美しい姫を射《い》殺《ころ》すつもりはない」
彼は槍の穂先を逆さに向けた。
勇敢な男はその柄《つか》を握って、力強く
投げると、彼女はよろめいた。

四七一 (460) 風が吹き飛ばしたかのように、鋼の鎧から火花が飛び散った。
ジークリンデの王子は力いっぱい槍を投げつけたのである。
彼女は自分の勇力をもってしてもその一撃には耐えられなかった。

グンター王だったら、きっとそれをすることはできなかったであろう。

四七二 (461) 美しいブリュンヒルトは、なんと素早く起き上がったことか！
「気高き騎士グンター様、投槍の威力はお見事でした」
彼女は国王が自らの手でそれをしたのだと思っていたが、
より力強い男が彼女にこっそりと策略を仕掛けていたのである。

四七三 (462) 彼女はすぐさま立ち去った。彼女の心は煮えくり返っていた。
上品で美しい姫は、石を高く持ち上げて、
力いっぱいそれを自分から遠く離れたところまで投げたので、
優れた勇士たちはそのことにひどく驚いた。

四七四 (463) その石はおよそ十二尋《ひろ》離れたところに落ちた。
美しい乙女は跳躍ではその石投げの距離を跳び越えた。
騎士ジークフリートはその石の落ちた地点へ行った。
グンターがそれを振り上げたが、実際に投げたのはその勇士であった。

四七五 (464) ジークフリートは勇敢で、そのうえ強くて背《せ》丈《たけ》も高かった。

彼は石をより遠くへ投げ、さらにより遠くへ跳んだ。
まことに驚くべき技を巧みに使って、
跳躍のときにはグンター王を担《にな》って跳ぶこともできたのである。

四七六 (465) 幅跳びは終わり、石は横たわっていたが、
そこには勇士グンターのほかには誰も見られなかった。
美しいブリュンヒルトは怒りのあまり顔が赤くなった。
ジークフリートがグンター王の死を防ぎ止めたのであった。

四七七 (466) 試合場の端に勇士が無傷のままでいるのを見ると、
女王は家来たちに向かって言った。
「一族の者たちや家来たちよ、ただちにこちらへ来ておくれ。
そなたたちは皆、グンター王の家来となるのだ」

四七八 (467) すると立派な勇士たちは武器を手から捨てた。
これら多くの勇敢な男たちは、ブルグント国の
権勢豊かなグンター王の足元にひざまずいた。
彼らは彼が自分の力で競技をしたものと思っていたのである。

国王は優しく挨拶をした。彼は徳高い人物だったからである。　四七九 (468)
誉れ高い乙女は、彼の手を取り、
彼が思いのままに振る舞うことを許した。
勇猛果敢な勇士ハーゲンは、それを見て喜んだ。

彼女は気高い騎士に自分と一緒に広い宮殿に　四八〇 (469)
入って行くよう頼んだ。そこには多くの家来がいた。
彼らはその勇士になおいっそう畏敬《いけい》の念を示した。
ジークフリートの武勇によって一族は危機を脱したのである。

俊敏なジークフリートはたいへん賢明に働いた。　四八一 (470)
隠れ蓑を持ち去ってしまってから、
彼は再び多くの婦人たちがすわっている所に引き返した。
彼は国王に向かって、たいへん巧みにこう言った。

「国王よ、何を待っておられるのですか。女王が　四八二 (471)
申し込んだ競技をなぜ始めないのですか。

どのように行われるのか、早く見せてください」
策略を弄する男は、何も知らないかのように振る舞った。

四八三 (472) すると女王は言った。「どういうことでしょう、
ジークフリート様、ここでグンター王が勝利を収めた
競技をご覧にならなかったとは」
ブルグント国のハーゲンがそれに答えて言った。

四八四 (473) 「それはあなたが我々の心を曇らせたからです。
ラインの国王があなたとの試合で勝利を収めたとき、
立派な勇士ジークフリート殿は船のところへ戻っていて、
そのことを知らなかったのです」と、グンターの家来は言った。

四八五 (474) 「うれしい話だ」、勇士ジークフリートは言った、
「あなたの高慢な心が収まって、
あなたを支配する人が勇敢にも生きているとは。
さあ、気高い姫よ、我々に従ってラインへ来ていただきましょう」

女王は言った。「まだそこまではいきません。　四八六 (475)
その前に一族の者や家来たちに聞いてもらわねばなりません。
私はそうやすやすと国を離れるわけにはいかないのです。
まずその前に私の近親の者たちを呼び集めなければなりません」

彼女は各方面に使者を走らせて、　四八七 (476)
すべての親族、一族そして家来たちを呼び集めた。
すぐにアイスランドの宮廷にやって来るよう頼み、
彼ら全員に見事で立派な衣裳を与えるよう命じた。

一族の者たちが毎日、朝早くから夜遅くまで、　四八八 (477)
群れをなしてブリュンヒルトの城にやって来た。
「これはまた」、ハーゲンが言った、「我々はなんとしたことか！
ここで美しいブリュンヒルトの家来を待つとは、まずいことだ。

彼らが軍勢を集めてこの国にやって来たらなんとしよう。　四八九 (478)
ブリュンヒルトの心は我々には分からない。
彼女は怒って、我々を殺そうと思っているかもしれない。

気高い乙女は我々に災いをもたらすために生まれてきたのだ」

四九〇 (479) 勇士ジークフリートは言った。「それは私が防いでみせましょう。
あなた方が心配しておられることは、私が阻止しましょう。
あなた方にはまだ知られていない選《え》り抜《ぬ》きの勇士たちを
この国に連れて来て、あなた方をお助けいたします。

四九一 (480) 私はここから立ち去りますが、私のことを尋ねてはなりません。
その間は神があなた方の名誉を護ってくれましょう。
私はすぐに戻って来て、手に入れられる最上の勇士、
千人をあなたに差し上げましょう」

四九二 (481) 「長引かないようにしておくれ」と、国王が言った、
「我々はそなたの助けをまことに頼りにしていよう」
彼は言った。「私は数日のうちに戻って参ります。
私を使いに出したのだと、ブリュンヒルトに言っておいてください」

第八歌章　ジークフリートが募兵のためにニーベルンゲン国へ赴いたこと

勇敢なジークフリートは隠《かく》れ蓑《みの》を身に着けて、
ただちにそこを立ち去り、船のところまでやって来た。(32)
ジークムントの王子は密かにそれに乗り込んだ。
彼はすぐに船を漕ぎ出したが、風が推し進めているかのようだった。 四九三 (482)

舵取りは誰の目にも見えなかったが、ジークフリートの力によって
船はたいへん早く進んだ。彼の力は物凄《ものすご》いものだった。
格別に強い風が船を進めているのだと人は思ったが、
そうではなく、船を進めていたのは、美しいジークリンデの息子であった。 四九四 (483)

(32) この詩節から五二〇詩節までは古い伝承に基づいて、ジークフリートの古代ゲルマン勇士としての冒険が挿入されている。

四九五 (484) その日は一日中、そしてその夜は一晩中、
彼は物凄い力を尽くしてある国にやって来た。
それはニーベルンゲン族の国[33]で、彼らは彼の家来であった。
国と城もすべて彼の支配下にあったのである。

四九六 (485) 勇士は一人で広い砂洲に漕ぎ寄せた。
勇猛な騎士はただちにその船をつなぎ、
城が建っている山のところへ歩いて行った。
今でも旅に疲れた者がするように、彼は宿を求めた。

四九七 (486) 彼は門の前にやって来たが、門は閉ざされていた。
今でも人々がするように、内部にいる者は警戒していたのである。
異国から来た男は、その門を叩き始めた。
門は厳重に護られていた。その内側には

四九八 (487) 門を護っていた巨人がいたが、
彼のそばにはいつも武器が備えてあった。
彼は言った。「外から門を叩いているのは誰だ?」

門の前にいた勇敢なジークフリートは声音《こわね》を変えて、　四九九 (488)
言った。「わしは勇士だ。門を開けるのだ。
ゆったりと横になって、休息しているような者は、
誰でも今すぐわしに従ってついて来るのだ」
ジークフリートがそう言うと、門番は怒りを覚えた。

勇敢な巨人は武具を身に着けてから、　五〇〇 (489)
大急ぎで頭に兜を被ると、
すぐに楯をひっつかんで、門を引き開けた。
彼はなんと怒りをあらわにして、ジークフリートに跳び掛かったことか！

よくもたくさんの勇士を起こしてくれたものだ、　五〇一 (490)
と巨人は言いながら、急激に攻撃を仕掛けたので、
高貴な客人はそれを防ぎ始めた。
門番の仕掛けた一撃で、客人の楯の金具は破れてしまった。

(33) ニーベルンゲン族の国はアイスランドからノルウェーに向かってかなり進んだところにあるとされる架空の国である。

五〇二 (491) それは鉄の棒による一撃で、さすがの勇士も危機に晒された。
門番が荒れ狂ったように撃ち込んできたときには、
ジークフリートは死ぬのではないかとたいそう恐れた。
それでも騎士ジークフリートはこの男の強いことがとても気に入った。

五〇三 (492) 彼らは激しく闘ったので、城も鳴り響いたほどであった。
彼ら二人の力はきわめて大きかったからである。
彼は門番を取り押さえて、やがて相手を縛り上げた。
この知らせはニーベルンゲン国中に知れ渡った。

五〇四 (493) この激しい闘いのさまを、遠く山を越えたところで、
勇敢な侏儒《こびと》、屈強のアルベリヒが伝え聞いた。
彼はすぐに武装した。彼はこの気高い客人のいるところへ
駆けつけた。客人は彼ら二人には見知らぬ人だった。

五〇五 (494) アルベリヒはひどく獰猛《どうもう》なうえに、力も強かった。
彼は兜と鎧を身に着け、

黄金の重い鞭《むち》を手に取った。
彼は急いでジークフリートのいるところへと駆けつけた。

その鞭の先には七つの重い瘤《こぶ》がついていた。　五〇六(495)
それでもって彼は勇敢な男の手にした楯に
激しく打ちつけたので、楯はひどく壊れてしまった。
そのため麗しい客人はひどく心配になってきた。

すっかり壊れてしまった楯を、彼は手から投げ捨て、　五〇七(496)
すぐに自分の身から長い剣をも投げ放った。
彼はその門番を殺そうとは思わなかったのである。
彼は持ち合わせた美徳の命ずるまま、礼儀作法を守ったのである。

強い腕力でもって彼はアルベリヒに跳び掛かった。　五〇八(497)
彼はその年老いた白髪の男の髭《ひげ》をつかんだ。
そして強引に引っぱったので、相手は大声でわめいた。
若い勇士の懲《こ》らしめで、アルベリヒはひどい目にあったのである。

五〇九 (498) 大声で勇敢な男は叫んだ。「わしを生かしておいてくれ！

一人の勇士以外に、誰か別の人の家来になってよいものなら、

——その勇士には仕えると誓いを立てたのだ——

わしはお前に死ぬまで仕えるのだが」と、策略を弄《ろう》する男が言った。


五一〇 (499) ジークフリートは先の巨人と同じようにアルベリヒを縛り上げた。

ジークフリートの力が彼を痛い目にあわせたのである。

侏儒は尋ねた。「お前さんはなんという名前だ？」

彼は言った。「わしはジークフリートだ。お前は知っていると思うが」

五一一 (500) 「その話を聞いてうれしく思う」と、侏儒は言った、
「勇ましい振る舞いを見て、お前さんが当然のことながら
一国の主人であることが分かりました。
命を助けてくれるなら、命じられたことは何でもいたします」

五一二 (501) すると騎士ジークフリートは言った。「すぐに出かけて、
得られるだけの最強の勇士、千人のニーベルンゲン兵を
わしのもとに連れて来て、ここでわしに会わせてくれ」

それらすべての兵に対して彼が何を望んでいるかは、誰にも説明しなかった。

五一三 (502)
彼は巨人とアルベリヒの縛《いまし》めを解いた。
アルベリヒはただちに勇士たちのいるところへ行き、
たいそう心配しながら多くの勇敢な男たちを呼び起こした。
彼は言った。「さあ、勇士たち、ジークフリートのもとへ行くのだ」

五一四 (503)
彼らはベッドから跳び起きて、それに従った。
千人の雄々しい勇士がすっかりと身支度を済ませて、
ジークフリートが立って待っているところへ行った。
そこで丁重な挨拶がなされたが、中には畏敬の念を示す者もいた。

五一五 (504)
多くの明かりがともされ、彼には芳醇《ほうじゅん》な酒が振る舞われた。
彼らがすぐさまやって来たことに、彼は礼を述べた。
彼は言った。「お前たちにはわしと一緒に海を渡ってもらいたい」
勇猛果敢な英雄たちがそれを承諾したことを彼は見て取った。

五一六 (505)
およそ三千の勇士がすぐにやって来た。

その中から最も優れた千人の勇士が選ばれ、
彼らには兜やその他衣服が支給された。
彼らをブリュンヒルトの国へ連れて行くためである。

五一七 (506) 「天晴《あっぱ》れな騎士たちよ、わしが言おうとすることを聞いてくれ。
お前たちは宮廷では立派な衣裳を身に着けていなければならない。
そこでは多くの愛らしい婦人方に会うことになるからだ。
それゆえお前たちは立派な衣裳で身を飾っていただきたい」

五一八 愚かな人ならこう言うかもしれない。「それは嘘に違いない。
どうしてそんなにも多くの騎士が同時に集められるだろうか?
彼らはどこで食べ物を手に入れ、どこで衣裳を入手できたのか?
三十の国々が奉仕したにしても、それは不可能だ」と。

五一九 しかし、ジークフリートは、お聞きのとおり、たいへん裕福だった。
ニーベルンゲンの国と財宝が彼の思いどおりになったのである。
それゆえ彼は勇士たちに十分施し物をすることができた。
どんなに財宝を運び去っても、一向に減りはしなかったのである。

五二〇 (507) ある朝早く、彼らは出発した。
ジークフリートはなんと勇敢な軍勢を手に入れたことか！
彼らは立派な馬と見事な衣裳を持って行き、
堂々とブリュンヒルトの国に到着した。

五二一 (508) そこでは窓辺に愛らしい侍女たちが立っていた。
王女は言った。「あそこの海の上で私たちの方に向かって
船を進めている者たちが誰なのか、知っている者はいないだろうか？
彼らは立派な帆を掲げており、それは雪よりもずっと白い」

五二二 (509) するとラインの国王が言った。「あれはわしの家来たちだ。
彼らを旅の途中でこの近くに残してきたが、
わしが使者を送ったので、王女よ、彼らはやって来たのだ」
天晴れな客人たちはたいそう人々の目を引いた。

五二三 (510) 一艘《いっそう》の船の舳先《へさき》には華やかな衣裳を身に着けた
ジークフリートの姿が見られた。多くの勇士が彼に仕えていた。

そこで王女は言った。「王様、お教えください。

あの客人たちを迎えたらよいでしょうか、挨拶を控えるべきでしょうか」


五二四 (511) 「丁重に」、彼は言った、「彼らを出迎えに行っていただきたい。

我々が彼らに会いたがっているのが、彼らに分かるように」

王女は国王が助言したとおりのことをした。

ただジークフリートへの挨拶は、ほかの者たちとは区別した。[34]

五二五 (512) 客人たちにはすぐさま丁重に宿舎があてがわれた。
しかし、たいへん多くの客人がこの国にやって来たので、
彼らは至るところで群衆とぶつかったほどであった。
そこで勇士たちはブルグント国に帰りたいと思った。

五二六 すると女王はすぐさま、異国の勇士であれ、
自国の勇士であれ、多くの気高い家来たちに
黄金や銀、それに馬や衣裳を分け与えるよう命じた。
それらは彼女の父がその死後に彼女に遺《のこ》していたものであった。

彼女はラインの勇士たちに、多かれ少なかれ、　五二七
財宝を手に取って、それを持って
ブルグントの国に帰ってほしいと伝えた。
それに対してハーゲンが気高い心で彼女に答えた。

「貴い女王様、誠実にあなたに申し上げますが、　五二八 (519)
ラインの王様は黄金と衣裳を人に与えるほど
たくさん持っていますので、我々はあなたの黄金と衣裳を
ここから持って行く必要はございません」

「いいえ、私のためにそうさせてください」、女王は言った、　五二九 (520)
「私は二十個の箱に黄金と絹を詰めて
一緒に持って行きたいのです。海を越えてグンター様の国に
着いたら、それらを私は自らの手で分け与えることにしますから」

女王が重ねて言った。「私の国は誰に任せましょうか？　五三〇 (522)

(34) 軍勢を率いる者としてジークフリートを丁重に出迎えたと考えるのが妥当であるが、研究者の中にはグンター王の家来なので、ジークフリートに対して粗略に応対したと解釈する人もある。

私たち二人でここの代官を決めておかなければなりません」
すると気高い国王が言った。「では、そなたが気に入っている者を
呼び寄せなさい。その者を我々は代官に任命することにしよう」

女王は最も血縁の近い親族の一人が身近にいるのを思い出した。 五二三 (523)
彼は彼女の母の兄弟であった。その者に女王は言った。
「グンター王が自らここを治めることになるまで、
城も国土もあなたに委ねましょう」

そこで彼女は家来の中から千人の勇敢な者たちを選んだ。 五二四 (524)
その者たちをニーベルンゲン国のあの千人の勇士たちとともに
ラインへと一緒に連れて行こうというのである。
彼らは旅立ちの準備をして、海岸へ馬を進めて行った。

彼らは八十六名の婦人とおよそ百人の侍女を 五二五 (525)
一緒に伴っていたが、いずれもたいへん美しい女性であった。
彼らはもはやためらうことなく、急いで旅立った。
あとに残された者たちは、ああ、なんと涙を流したことか！

淑《しと》やかな礼儀作法に則って、彼女は自らの国を立ち去った。　五三四 (526)
彼女は自分のそばにいた近親の人たちに口づけをした。
丁重に暇乞いをして彼女らは海上に出て行った。
女王はもはや二度とその祖国に戻って来ることはなかった。

航海の途上、多くの競技が催された。　五三五 (527)
娯楽もいろいろとたくさんあった。
彼らの船旅には都合のよい風も吹いた。
彼らはやがてその国を離れて、たいへん楽しげに旅を続けた。

旅の途上にあっては、彼女は国王に愛を示そうとしなかった。　五三六 (528)
彼女の楽しみは国王の館、ヴォルムスの城で行われる
饗宴のときまでとっておかれたのである。
やがて彼らは勇士を引き連れて、喜びのうちにそこに到着するのである。

第九歌章　ジークフリートがヴォルムスへの使者となったこと

五二七 (529) 彼らがこうしてまる九日間、旅を続けた頃、
勇士ハーゲンは言った。「私の申し上げることをお聞きください。
ライン河畔ヴォルムスへの報告をまだしておりません。
今頃はあなたの使者がブルグントの国に到着しているべきです」

五二八 (530) するとグンター王は言った。「お前の言うとおりだ。
では、立派な騎士よ、お前がその旅の支度をしておくれ。
今のところ、そこへ馬を走らせるのにふさわしい者は
ほかにはいないから」すると誇り高い勇士は言った。

五二九 (531/532) 「申し上げますが、国王様、私は使者にはふさわしくありません。
使者の役を喜んで果たしてくれる者をお教えいたしましょう。

勇士ジークフリートにその役を頼むのです。
あなたの妹君のため、彼は決してそれを拒みはしないでしょう」

国王がその勇士を呼びにやると、彼はすぐにやって来た。　五四〇 (533)
国王は言った。「我々は故郷の国に近づいて来たので、
親愛なる妹とまた母上にも使者を送って、我々がこうして
ライン河畔に近づいていることを知らせるべきだろう。

そこで、ジークフリート殿よ、そなたに使者の旅をお願いしたいのだ。　五四一 (534/535)
それに対しては、天晴れな騎士よ、わしは立派な妹や
すべての家来とともに報いるつもりだ」

すると優れた勇士は言った。「喜んでその旅の役を務めましょう。(35)　五四二 (536)
望むところを打ち明けてください。黙っていてはなりません。

(35) 第八歌章の「ニーベルンゲン国への募兵の旅」（古代ゲルマン的要素）とコントラストを成すように、以下においては「ヴォルムスへの使者の旅」（宮廷的要素）が展開されている。いずれもなくてもよいエピソードに思われるが、しかし、詩人はここでジークフリートが古代ゲルマンの勇士であると同時に、一方では中世の騎士でもあることをほのめかしていると解釈することもできよう。

愛らしい姫のため、私はすべて報告いたしましょう。
私が心に想っている人をなんであきらめたりしましょうか?
彼女のためにお命じになることは、何事でもいたしましょう」

五四三 (537) 「では、わしの母上と妹に、我々がこの旅で
たいへん上機嫌であることを伝えていただきたい。
わしの兄弟たちには、求婚の次第を知らせてもらいたい。
そのほかの一族の者たちにもこの話を聞かせてやってほしい。

五四四 (538) クリームヒルトと母上には何も挨拶なしでいてはいけない。
わしとブリュンヒルトからの挨拶をその二人にはもちろん、
彼女らの従者やわしの家来たちにも、わしの心が望んでいたものを
わしがどのように手に入れたかを伝えていただきたいのだ。

五四五 (539) そしてわしの兄弟とそのほかの親族の者たちには、
熱心に出迎えの準備をするようにと伝えてほしい。
国中の者たちには、わしがブリュンヒルトと盛大な結婚式を
執り行うつもりであることを知らせていただきたい。

五四六 (540) そしてわが妹には、わしが客人たちを連れて
国に帰って来たと聞いたら、懇《ねんご》ろに
わが妻を出迎えるように頼んでいただきたい。
そうしてくれたら、いつまでも誠実に報いるつもりだ」

五四七 (541) 優れた勇士（ジークフリート）は国王とブリュンヒルトに
暇乞いを告げた。誉れ高い騎士はこうして
大喜びでライン河畔ヴォルムスへと馬を進めた。
すべての国でこれ以上素晴らしい使者はあり得なかった。

五四八 (542) 二十四人の勇士を引き連れて、彼はヴォルムスに着いた。
国王を伴わずに彼が到着したことを伝え聞くと、
すべての家来は悲しみのあまり不安な気持ちになった。
彼らは主君が旅先で死んだのではないかと思ったのである。

五四九 (543) 勇士たちは馬から降りた。意気揚々とした気分であった。
ただちに二人の立派な若い国王とすべての家来たちが

彼らを出迎えた。騎士ゲールノートは、自分の兄が
ジークフリートのそばにいないのを見ると、口を開いた。

五五〇 (544) 「気高い騎士よ、よく戻って来られた。私の兄上である国王を
どこに残して来られたのか、我々に聞かせていただきたい。
ブリュンヒルトの強い力が彼を我々から奪い取ったのなら、
彼女への愛が我々にはひどい災いとなったことになるが」

五五一 (545) 「一緒に行かれたわが国王は、あなた方気高い二人の勇士と
すべての家来たちに挨拶を送っておられます。
国王はご健在です。国王はこのことを伝えるように、
私を使者としてここに遣わせたのです。

五五二 (546) 私があなた方の母上と妹君に
お会いできるよう、すぐにお取り計らいください。
立派な国王グンター殿が言付《ことづ》けられたこと、
事は首尾《しゅび》よく運んだことを、お二人にお聞かせしたいのです」

すると若きギーゼルヘアが言った。「では、行かれるがよい。 五五三 (547)
私の母上はたいへん喜ばれるに違いありません。
兄上のことではひどく心配していたのですから。
二人とも喜んでお会いするでしょう。心配はありません」

そこで騎士ジークフリートは言った。「お二人のお役に立つことなら、 五五四 (548)
何でも心をこめて喜んでいたします。
私が赴くことは、誰が婦人方に伝えてくださるのですか？」
「私が伝えましょう」、麗しい騎士ギーゼルヘアが言った。

誇り高く優れた勇士は、母上と妹君に会うと、 五五五 (549)
二人に向かってこう言った。
「ニーダーラントの英雄ジークフリート殿が来られました。
兄上グンターがこのラインに彼を使者として遣わされたのです。

彼は国王の様子に関する知らせを持って来られたのです。 五五六 (550)
彼が後宮《こうきゅう》に上がることをどうかお許しください。
アイスランドから確かな知らせを持って参ったのですから」

その場から退くよう命じた。皆が立ち去ると、彼は意図的に自ら扉を閉ざし、その扉の前に二つの丈夫な閂《かんぬき》をすばやく下ろした。

六七〇 (665) そのあとすぐに彼は明かりをベッドの垂幕《たれまく》の下に隠した。屈強のジークフリートと美しい女性は、格闘を始めたが、それは避けることができなかった。それは国王にとっては喜びでもあり、また悲しみでもあった。

六七一 (666) 英雄は若き女性のそば近くに身を横たえた。彼女は言った。「グンター様、どんなにお望みでも、以前と同じようにひどい目にあわぬよう、それはおやめなさい」やがてその婦人は勇敢なジークフリートを痛い目にあわせたのである。

六七二 (667) それでも彼は声を出さずに、言葉も発しなかった。国王は、彼の姿を見ることはできなかったが、彼によって秘められた情事が行われなかったことだけは理解できた。二人はベッドの上でどんな安らぎも得られなかったのである。

六七三 (668) 彼は自分が身分の高いグンター王であるかのように振る舞い、
両腕で誉れ高い乙女をかき抱いた。
彼女は彼をベッドから長椅子のそばに撥《は》ね飛ばしたので、
彼の頭は足台にあたって、大きな音を立てた。

六七四 (669) 勇敢な男は再び力をこめて跳び起きた。
彼はもう一度試みようとしたのである。彼が王に
約束しておいたように、彼女を取り押さえようとしたとき、
彼女ほど抵抗した女性は二度と見られなかったと、私には思われる。

六七五 (670) 彼がやめようとしなかったので、乙女はすぐに跳び上がった。
「あまりにも不作法な態度をとって、私の白い肌着を
かき乱してはなりません。私には嫌なことなのですから。
あなたに思い知らせてやりましょう」と、愛らしい女性は言った。

六七六 (671) 非常に力強い両腕で彼女は勇士を抱え込んだ。
彼女は国王と同じように、彼を縛り上げて屈伏させて、

国王は心配しながらさまざまなことを考えた。

六八四(675) 乙女が押さえ付けられるまで、国王にはたいへん長く思われた。
彼女は勇士の手を握り締めたので、その力のために
爪から血が噴き出したが、それは勇士の身にはこたえた。
だがやがて彼は麗しい乙女に打ち勝って、

六八五(676) 以前口にしていた彼女の恐ろしい意図を取り消させたのであった。
国王は何も言わなかったが、すべてを聞いていた。
勇士は彼女をベッドに押さえ付けたので、彼女は叫び声を上げた。
彼の力が彼女に大きな苦痛を与えたのである。

六八六(677) すると彼女はそこにあった帯を掴《つか》んで、
それで彼を縛ろうとしたが、彼の手がそれを遮《さえぎ》ったので、
彼女の手足は砕けそうになり、彼女の剛毅《ごうき》な心は失せてしまった。
これで格闘は終わり、彼女はグンターの妻となった。

六八七(678) 彼女は言った。「気高い国王様、命をお助けください。

私はあなたにひどいことをしてきましたが、それを十分に償いますから。
あなたの気高い愛に私はもはや抵抗することはいたしません。
あなたが婦人たちの支配者であることは、よく分かりました」

ジークフリートは、身体から着物を脱ぐかのような振りをして、　六八八（679）
その場から立ち去り、うら若い女性をそのままにしておいた。
その前に彼は彼女から立派な黄金の指輪を抜き取っていたが、
天上の神も、彼がそれを思いとどまることを欲したことであろう。

そのうえ彼は帯をも奪い取ったが、それは上等な打紐《うちひも》であった。　六八九（680）
彼が思い上がった気持ちからそれをしたのかは、私には分からない。
彼はそれを自分の妻に贈ったが、それがのちに災いとなった。
グンター王とうら若き女性ブリュンヒルトは相並んで横たわった。

彼は二人にふさわしいように、愛情こめて彼女を愛した。　六九〇（681）
そこで彼女は怒りも羞恥《しゅうち》も投げ捨てねばならなかった。
彼の睦《むつ》まじい愛撫によって、彼女はいささか蒼《あお》ざめた。
ああ、この愛のために彼女の力はなんと失われていったことか！

六九一 (682) 彼女もまたほかの女性よりも強いということはなくなった。
彼は愛情こまやかにたいへん美しい彼女を愛した。
彼女がこれ以上抵抗しようと、それが何の役に立ったであろうか？
こうなったのもグンター王が愛をもってなしたことであった。

六九二 (683) 彼女は夜が明けるまでなんと優しく、
親しい愛情をこめて彼のそばに横たわっていたことか！
騎士ジークフリートの方も再びそこを去って行き、
美しい女性（クリームヒルト）によって丁重に出迎えられた。

六九三 (684) 彼は彼女が尋ねようとする問いを避けた。
立派で優れた勇士はそれを長いこと隠しておいた。
しかし、彼はその宝石類をしまいには彼女に贈ったのであった。
それが多くの勇士や自らをも墓場へ追いやることとなるのである。

六九四 (685) 翌日、国王は前日に比べると
機嫌がよりよくなった。国の至るところで

多くの気高い勇士たちがそのことを喜んだ。
宮廷に招待された者たちは、数々のもてなしを受けた。
饗宴は十二日目まで続けられた。
その期間中、人々が携わっていた
さまざまな歓楽のどよめきはやむこととてなかった。
国王の出費はまことに高額に及んだのであった。　六九五(686)

気高い国王の一族の人々は、国王が命じたとおり、
多くの遍歴の楽人たちに立派な衣裳のほかに、
輝く黄金、乗馬、さらには銀をも与えた。
贈り物を望んでいた彼らは、楽しげにそこを去って行った。　六九六(687)

ニーダーラントの騎士ジークフリートと、
その千人の勇士たちは、ラインの国に携えて来た
すべての衣裳のほか、鞍を置いた馬をも
分かち与えた。彼らは気前よく振る舞ったのであった。　六九七(688)

故郷に帰ろうとした者たちにとっては、豊かな贈り物がすべて分かち与えられるまでは、待ち切れないように思われた。客人たちにこれ以上のものが施されたことはなかった。

こうして饗宴は、勇士グンターが願っていたとおりに終わった。

六九八
(689)

第十一歌章　ジークフリートが妻を連れて帰国し、結婚を祝ったこと

ジークムントの息子（ジークフリート）は礼儀正しく
自分の勇士たちに言った。「私がお願いすることをしておくれ。　六九九 (690)
さあ、馬の用意をするのだ。私は故郷に帰ろうと思っているのだ」
彼の妻はこの話を聞いて、うれしく思った。

彼女は主人に言った。「私たちはここを立ち去るのですから、
あまりに急いで事を進めることは、慎みたいと思います。　七〇〇 (691)
その前に兄上たちから領地を分けてもらうことにいたしましょう」
クリームヒルトの言葉を聞いて、ジークフリートは心楽しまなかった。

国王たちが彼のところにやって来て、三人全員がこう言った。
「ジークフリート殿、覚えていてほしいが、我々は死ぬまで　七〇一 (692)

真心こめてそなたのために尽くしたいと思っています」
彼はこのような丁重な挨拶を受けたので、勇士たちに会釈《えしやく》した。

七〇二(693) 「我々はそなたに」、若きギーゼルヘアが言った、
「我々の所有している領地と城を分かち与えましょう。
我々の支配下にある広い国々は、
クリームヒルトとともにその分け前をお取りいただきたい」

七〇三(694) 妻の兄弟たちが好意的な意志を示してくれたとき、
勇士(ジークフリート)は彼らに向かってこう言った。
「神があなた方の領地と、またその住民たちに
いつまでも祝福を与えてくれますよう。あなた方が私の妻に

七〇四(695) 分けてくれようとしている領地は、なくてもよいのです。
妻は王冠を戴《いただ》くことになっており、存命中にそうなれば、
この世に生きている誰よりも裕福な身になれるのですから。
そのほかの点で命じられることなら、何でも尽くす所存です」

七〇五 (696) 王妃クリームヒルトは言った。「領地は要《い》らないとしても、
ブルグントの勇士たちのこととなると、そう簡単には言えません。
国王たる者なら喜んで自分の国に連れて行くものです。
私の優しい兄上たちは私に勇士を分かち与えてくれましょう」

七〇六 (697) そこで騎士ゲールノートは言った。「では、望むだけ選ぶがよい。
そなたと一緒に行きたいと思っている者は、たくさん見つけられよう。
三千人の勇士のうち、千人をそなたに与えよう。
彼らをそなたの家臣としよう」この言葉は彼女にはうれしかった。

七〇七 (700) 彼女は自分にふさわしいように、旅立ちの準備をした。
王妃クリームヒルトは気高い家臣として、
三十二人の侍女と五百人の勇士を連れて行くことになった。
エッケヴァルト伯も王妃について行くこととなった。

七〇八 (701) 騎士も従者も、また乙女も婦人たちも皆、
暇乞いをした。それは至極当然のことであった。
一同は接吻を交わして、まもなく袂《たもと》を分かち、

喜ばしげにブルグントの国を去って行ったのである。

七〇九 (702) 親戚の者たちは彼女を遠くまで見送って行った。
王国の至るところどこでも、
好きな場所に夜の宿舎を設けさせた。
やがてジークムント王のもとに使者が遣わされた。

七一〇 (703) ジークフリートとウーテの美しい娘クリームヒルトが
ラインのかなたヴォルムスから到着するということを、
国王とジークリンデ王妃に知らせるためであった。
二人にとってこれ以上うれしい知らせはなかった。

七一一 (704) 「うれしいことだ」、ジークムントが言った、「これまで生きて、
ここでクリームヒルトが王冠を戴く姿が見られるとは。
わしの領国もそのために誉れ高いものとなるだろう。
勇敢なジークフリートには今からこの国の主君になってもらおう」

七一二 (705) 王妃ジークリンデはたくさんの紅色のビロードと、

ずっしり重い金銀を使者たちに引出物として与えた。
王妃は多くの家来とともにその知らせを喜んでいたのである。
彼女の侍女たちは皆、熱心に着飾った。

七一三 (706) ジークフリートとともに入国する者たちについても報告された。
そこで彼が王冠を戴いて諸侯の前で
座るための座席が、ただちに設けられた。
ジークムント王の家来たちが、彼を出迎えに馬を走らせた。

七一四 (707) 勇士たちがジークムントの国で出迎えられたとき以上に、
丁重な歓迎を受けたためしは、我々は聞いたことがない。
王子の母ジークリンデも多くの美しい婦人たちを引き連れて、
クリームヒルトを出迎えに出かけた。立派な騎士たちもそれに従った。

七一五 (708) 一日馬を進めたところで、一同は客人たちと出会った。
異国の者もこの国の者も、クサンテンと呼ばれて、
よく知られた、立派なすばらしい城に
到着するまでには、苦労を耐え忍ばねばならなかった。

ジークリンデとジークムントは口に笑みを浮かべて、 七一六 (709)
ただちにクリームヒルトに接吻して喜んだ。
そのあと愛する息子にも接吻し、彼らの憂いは取り除かれた。
姫の家来たちは皆、盛大な歓迎を受けた。

客人たちはジークムントの広間に案内された。 七一七 (710)
美しい若い侍女たちも乗馬から
助け下ろされた。そこには多くの騎士がいて、
丁重に気高い侍女たちの世話をした。

ラインでの饗宴がたいへん盛大であったと知られているにせよ、 七一八 (711)
ここで勇士たちに与えられた衣裳は、
かつてこれまで着たことはないほど立派なものであった。
その華麗なことについては、驚嘆をもって語ることができよう。

彼らは栄誉に浴していて、何の不自由もなかった。 七一九 (712)
彼の家来たちが手にしていた槍は、黄金色に輝き、

その柄《つか》にはなんと多くの宝石がちりばめられていたことか！
このようにジークリンデ王妃は丁重にもてなしたのである。

七二〇(713) そこでジークムント王は親戚の者たちの前で言った。
「わがすべての親族の者たちの前で知らせておくが、
これから先はジークフリートにわが王冠を被ってもらうことにしよう」
ニーダーラントの人々はこの宣言を聞いて喜んだ。

七二一(714) 老王は王子に王冠と司法権と国土をも譲り渡した。
こののち王子が国中すべての住民の支配者となった。
彼は裁くべきものを、それにふさわしく裁いたので、
人々は美しいクリームヒルトの夫に畏《い》敬《けい》の念を抱いた。

七二二(715) 彼がこのような栄誉の中で暮らしたことは、真実であり、
王冠を戴き支配者となって、十二年(38)に及んだとき、
美しいクリームヒルトが一人の王子を儲《もう》けた。
それは国王の親族にとっても望むところであった。

(38) 写本Bでは十年となっているのに対して、写本Cでは十二年とされている。

七二三 (716) 急いで王子に洗礼が施され、その伯父にあやかって
グンターと名づけられたが、その名前を恥じる必要はなかった。
母方の親族にあやかれば、勇敢な騎士にもなれるだろうからである。
王子は入念に養育されたが、それも当然のことであった。

七二四 (717) それと同じ時期に母后《ははきさき》ジークリンデが崩御《ほうぎょ》した。
そこで国を治める王妃に当然与えられるべき、
すべての権力は気高いウーテの娘（クリームヒルト）が引き継いだ。
人々は誉れ高く心の底から彼女に仕えた。

七二五 (718) 一方、彼方《かなた》のラインにおいても、聞くところによると、
ブルグント国のグンター王のもとで、
美しいブリュンヒルトが一人の息子を儲けたという。
この王子も勇士にあやかってジークフリートと名づけられた。

七二六 (719) 王子はどんなに入念に守り育てられたことであろう！
権勢高いグンターは、王子が大人に成長するまで

徳目の教えを授けることのできる養育係をつけておいた。
しかし、ああ、なんと不運がのちに王子から肉親を奪い取ったことか！

七二七 (720) ジークムントの国では明朗闊達《めいろうかったつ》な英雄たちが
常日頃からいかに優雅な生活をしていたかという、
噂が始終あちこちで口にされた。
天晴れな一族とともにグンターもまた同様の暮らしぶりであった。

七二八 (721) ニーベルンゲンの国に加えて、父の領国は
今やジークフリートの支配下にあり、その先祖にも
これ以上豊かな者はいなかった。彼はそれほど立派な勇士であった。
そのため勇敢な彼はよりいっそう意気揚々としていた。

七二九 (722) 以前の持ち主を別とすれば、これまでどんな国王も手にした
ことがないような莫大な財宝が、今やジークフリートのものであった。
それは彼がある山麓で自らの手で勝ち取ったものであり、
そのためには彼は多くの勇敢な騎士たちを討ち取ったのであった。

彼は望みうる最高の栄誉を手にしていたが、それでなくとも、ジークフリートについては、馬に乗る騎士の中でも最も優れた騎士だと、当然認めなければならないであろう。人々は彼の力の強さを恐れたが、それも当然のことであった。

七三〇
(723)

第十二歌章　グンター王がジークフリートとクリームヒルトを ヴォルムスへ招待したこと

ところが、グンターの妃は始終こう考えていた。 七二四 (724)
「クリームヒルトはどうしてあのように気位が高いのだろうか？
彼女の夫ジークフリートは私たちの家来ではないか。
彼が私たちに仕えないことに対して、決着をつけたいものだ」

このような考えを彼女は心に抱いたが、口には出さなかった。 七二五 (725)
彼らが疎遠《そえん》に振る舞っていることが、彼女には不満であった。
領主の国から何の貢ぎ物をも受け取っていないが、
それはどうしてなのか、彼女はそれを知りたかった。

彼女は、クリームヒルトに会うことは 七二六 (726)
できないものかと、あれこれと試みてみた。

心に思っていることを密かに話してもみた。
しかし、気高い国王にとって王妃の願いは嫌なものに思われた。

七三四 (727) 「どうして彼らを」、誉れ高い国王は言った、
「この国へ呼び寄せることができようか。それは不可能なことだ。
彼らはあまりにも遠いところに住んでいて、命ずるわけにもいかない」
これに対してブリュンヒルトは抜かりなく答えた。

七三五 (728) 「国王の家来はいかに身分が高くても、
主君が命じたことを、どうして断ることができましょうか?」
王妃がそのように言ったとき、グンター王は笑みを浮かべた。
彼はジークフリートに度々会っていても、それを伺候《しこう》とは思わなかった。

七三六 (729) 彼女は言った。「愛《いと》しい殿、どうか私のために、
ジークフリートがあなたの妹君とともにこの国に来て、
ここで私たちと対面できるよう、手を貸してください。
そうなれば私にとってこの世でこれ以上うれしいことはありません。

七三七 (730) 妹君の品位と躾《しつけ》のよい心ばえ、そして私が
この国に到着したときに、丁重に出迎えてくれたことなどを
思い起こしますと、なんと心が和《なご》むことでしょう！
この世であれほど丁重な出迎えは、聞いたことがありません」

七三八 (731) 彼女がいつまでもせがむので、ついに国王は言った。
「そなたの願いを叶えてあげよう。私の国で
彼らほど会いたいと思っている客人はいない。
彼らに使者を送って、ラインの私たちのもとに来てもらおう」

七三九 (732) そこで王妃が言った。「では、私にお教えください。
いつあの人たちに使者を送るのですか、あるいは幾日したら
あの親戚の人たちはこの国にやって来るのですか？
お送りする使者の面々も、私に教えてください」

七四〇 (733) 「では、教えよう」と、グンター王が答えた、「三十人の家来を
差し向けるつもりだ」彼はその者たちを面前に呼び出して、
ジークフリートの国への知らせを言付《ことづ》けた。

ブリュンヒルトは豪華な衣裳を彼らに授けて喜ばせた。

七四一 (734) グンター王は言った。「勇士らよ、お前たちに言付けることを
是非伝えるのだ。わが親族のジークフリートと
わしの妹にも、この世で彼らに対してほど
好意を抱いている者はいないことを言い漏《も》らしてはならぬ。

七四二 (735) そして彼らが我々二人の願いを確実に叶えて、
我々の饗宴にやって来てくれるようお願いするのだ。
この夏至《げし》にジークフリートが家来とともにここに来て、
彼に敬意を払う多くの勇士たちと会ってほしいのだ。

七四三 (736) 彼の父ジークムントにも、わしが家来とともに
いつまでも好意を寄せていることを知らせるのだ。
またわしの妹にも、是非一族を訪ねてくれるよう、
伝えるのだ。この饗宴ほど妹にふさわしいものはないのだから」

七四四 (737) 母后ウーテと、宮殿にいたすべての貴婦人たちもまた、

ジークフリートの国の愛らしい侍女や
多くの勇ましい勇士たちに挨拶を言付けた。
勇敢なゲーレはそれらの言付けをもって出発した。 七四五 (738)

彼らは十分な旅支度をして出かけた。馬と衣服が
全員に用意されて、彼らはその国を出発した。
彼らはめざすところに向かって、旅を急いだ。
国王は護衛をつけて使者たちを十分に護らせた。 七四六 (739)

十二日後に彼らは、遣わされていたその国の
ニーベルンゲン[39]の城（クサンテン）に到着した。
そこで彼らは多くの優れた勇士たちに出会って喜んだ。
使者たちの馬は長旅のために疲れていた。 七四七 (740)

国王とその妻に、ブルグント国で

(39) ニーベルンゲン族はもともと侏儒族を指す（八七詩節の注参照）が、このあたりからジークフリートの一族をニーベルンゲン族と呼んでいる。この作品の後編ではブルグント族がそのように呼ばれていることからすると、ニーベルンゲンの財宝を所有している一族がそのように呼ばれていることが分かる。

習慣となっているような服装をした
客人たちが到着した旨が、すぐさま報告された。
クリームヒルトは夫のそばで横になっていたベッドから跳び起きた。

彼女は侍女の一人を窓のところへ行かせた。 七四八 (741)
侍女は勇敢なゲーレが、一緒に遣わされた
仲間たちとともに中庭にいるのを目にした。
故郷がなつかしい妃にとって、なんとうれしい知らせであったことか！

彼女は国王に言った。「起き上がってください。 七四九 (742)
勇ましいゲーレが中庭を歩いているのが見られます。
わが兄グンターがおそらく彼をここに遣わせたのでしょう。
あの勇士がどういう用向きで来たのか、知りたく思います」

家臣らは皆、そちらに走って行き、 七五〇 (743)
客人たちを大喜びで出迎え、
できうる限り最上のもてなしをした。
彼らは客人たちの到着を心から喜んだからである。

ゲーレは従者とともに丁重に出迎えられた。　七五一 (744)
馬は預けられ、勇士たちは案内されて、
騎士ジークフリートがクリームヒルトとともに座っているところへ行った。
使者たちが国王に会って喜んだことは、心から信じていただきたい。

親愛なる客人たちに対して、二人はすぐさま立ち上がった。　七五二 (745)
ブルグント国のゲーレとその従者たちは
丁重に出迎えられた。クリームヒルトは
ゲーレの手を取って案内したが、それは真心こめてなされたのである。

妃は彼に着席を勧めた。彼は言った。「座る前に、　七五三 (746)
立ったまま、まずは使者の役目を果たさせてください。
誉れ高くお暮らしのグンター様とブリュンヒルト様が
あなたに言付けられましたことをお聞きください。

それにあなたの母后様からも言付けられました。　七五四 (747)
若きギーゼルヘア様とゲールノート様、

さらには最上の親戚の方々が私どもをここへお遣わしになり、
ブルグントの国からよろしくとのご挨拶をお言付けになりました」

七五五 (748) 「かたじけない」、ジークフリートは言った、「私は彼らには、
私の肉親と同じように、真心と好意を楽しみにしているのだ。
彼らの妹とても同じことだ。我々の親愛なる親類の方々が
いかなる暮らしぶりか、それを私に聞かせていただきたい。

七五六 (749) 私たちが彼らと別れて以来、妻の親族に対して
誰ぞ災いを与えた者はいないか、それを聞かせてもらいたい。
私は彼らには真心こめていつまでも援助を施して、
彼らの敵が私の援助を嘆かねばならぬようにするつもりだ」

七五七 (750) 辺境伯《へんきょうはく》で、立派な勇士のゲーレは言った。
「お二人はすべての点でご機嫌うるわしくしておられます。
そしてあなた様をラインの饗宴へとお招きです。
あなた様にお会いしたいと思っておられることは、疑いありません。

七五八 (751) そしてお妃様にもご一緒においでいただきたいとのことです。
冬が過ぎ去って、夏至の頃になりましたら、
あなた方にお会いしたいと言っておられます」
騎士ジークフリートは言った。「それはむずかしいことだ」

七五九 (752) そこでブルグント国のゲーレはまたこう言った。
「あなたの母后ウーテ様は、あなたの二人の兄弟の願いを
拒むことはなさらぬよう、あなたに懇願しておられました。
あなたが兄弟と遠く離れてお暮らしのことをしばしば嘆いておられます。

七六〇 (753) わが王妃ブリュンヒルト様と侍女たちも皆、
あなたにお会いすることが実現することを
楽しみにされており、それを望んでおられます」
この話は美しいクリームヒルトにはうれしく思われた。

七六一 (754) ゲーレは彼女の親戚だったので、国王は彼を座席に着かせた。
客人たちに酒を出すよう命じられ、それがすぐに行われた。
ジークムントもやって来た。使者に面会すると、

老王はやさしくブルグントの人々に言った。

「グンター王のご家来衆、よくぞ参られた。 七六二 (755)
わが息子ジークフリートがクリームヒルトを妃に迎えたのだから、
勇士のそなたたちが真心から友情を示すつもりならば、
もっとひんぱんにわしたちのもとに参られてもよかろうと思うが」

お望みならば、いつでも喜んで参りましょうと、彼らは答えた。 七六三 (756)
彼らの旅の疲れも、歓びでもって十分に癒《いや》された。
使者たちは座席を勧められ、食事も運ばれてきた。
親愛なる客人たちは十二分にもてなされた。

彼らには宿舎もあてがわれ、十分なくつろぎも与えられた。 七六四 (757)
主人は客人たちにやさしく言った。
「心配しなくてよいぞ。私たちの親族がそなたたちを
ここに遣わせた件では、すぐに返事をもたせることにするから。

ただその前にわしはわが一族の者たちと相談せねばならぬ」 七六五 (758)

彼は相談のためにその一族の者たちに会った。
彼は言った。「わが親族のグンター殿が我々を饗宴に
招待するため、使者を寄越してくれた。彼の国はあまりにも遠いが、

七六六 (759) わが妃も一緒に来てほしいと、彼らは頼んでいるのだ。
わが一族の者たちよ、妃もそこへ行くべきか、意見を聞かせておくれ。
彼らのために三十か国に遠征することになっても、
このジークフリートは喜んで彼らの助力をしたいのだが」

七六七 (760) 家来たちが答えた。「ご助言申し上げますが、
旅立ちのお気持ちがおありなら、それはふさわしいことです。
千人の兵をお連れしてライン（ヴォルムス）へお出かけください。
そうすれば誉れ高く饗宴に臨むことができましょう」

七六八 (761) ニーダーラントの老王ジークムントが言った。
「饗宴に行くというなら、なぜわしに知らせてくれないのか？
お前が嫌でなければ、わしもお前と一緒に出かけよう。
百人の勇士を引き連れて、お前の軍勢を補強することにしよう」

七六九 (762)
「親愛なる父上、私たちとご一緒してくださるなら」、
騎士ジークフリートは言った、「たいへんうれしく思います。
十二日後に私はこの国を出発することにいたします」
随行しようとする者たちには、馬とともに衣裳も与えられた。

七七〇 (763)
気高い国王が旅に出かけようという気になったので、
立派で勇敢な使者たちはまた送り返された。
国王はライン河畔の親族たちに、喜んで
饗宴に出席するつもりである旨を言付けた。

七七一 (764)
聞くところによれば、ジークフリートとクリームヒルトは、
馬でもって国元に運び切れないほど多くの引出物を
使者たちに贈ったという。彼は裕福な身だったのである。
使者たちは丈夫な荷馬を喜び勇んで駆って行った。

七七二 (765)
ジークフリートとジークムントも一行の者たちに衣裳を整えさせた。
エッケヴァルト伯はただちに婦人たちのために、

見出され得る、あるいはジークフリートの国中で
調達できる最上の衣裳を運んで来させた。

七七三 (766) 鞍と楯の準備が始められた。
国王と一緒に旅立とうとしている騎士や婦人たちには、
欲しいと思うものが授けられ、不自由なものは何もなかった！
こうして国王は親族のもとに多くの立派な客を連れて行ったのである。

七七四 (767) 一方、使者たちは帰国の旅路を急いだ。
こうして勇士ゲーレは故国に到着し、
喜んで出迎えられた。使者たちは
グンター王の広間の前で馬から降りた。

七七五 (769) 国王は大きな喜びのあまり座席から立ち上がった。
使者たちがこんなに早く戻って来たことに対して、
美しいブリュンヒルトは感謝の言葉を述べた。国王は使者に尋ねた。
「わしに何かと尽くしてくれた友ジークフリートは、いかに暮らしていたか？」

七七六 (770)
勇敢なゲーレが答えた。「彼とあなたの妹様は喜びのために
顔を輝かせておられました。ジークフリート殿とその父君ほど、
親戚に対して親しみをこめた知らせを
遣わせた人は、ほかにはどこにもおりません」

七七七 (771)
気高い国王の妃は辺境伯に向かって言った。
「答えておくれ、クリームヒルトは来られるのか？　美しい彼女は、
かつてのような淑《しと》やかさを今も具《そな》えているだろうか？」
彼は答えた。「お二人とも多くの勇士を一緒に連れて来られます」

七七八 (772)
母后ウーテが急いで使者たちを自分のところに呼び寄せた。
彼女の尋ねる様子で、クリームヒルトがいかに健《すこ》やかに
暮らしているか、それを聞きたがっているのが、よく理解できた。
使者は彼女の様子と、彼女が近いうちに訪れるだろうことを伝えた。

七七九 (773)
ジークフリートが当地で彼らに贈った引出物のことについても、
宮廷では報告されずにはいなかった。金や銀、そして衣裳が
三人の国王の家来たちのもとに運ばれて見せられた。

七八〇 (774)
ジークフリートとクリームヒルトの気前よさに対して、一同は感謝した。
「彼が贈り物をすることは容易なことだ」、勇士ハーゲンが言った、
「彼は永久に生き長らえたにしても、財産を使い切れはしません。
彼はニーベルンゲンの財宝を所有しているのですから。

七八一 (775)
ああ、このブルグントの国でそれを共有することができたらよいのに！」
廷臣たちは皆、一行が訪れるのを
楽しみにしていた。国王の家来たちは
朝から晩までたいへん忙しかった。

七八二 (776)
そこではなんと立派な座席が設けられたことか！
二人の優れた勇士オルトヴィーンとジンドルトは、
きわめて忙しかった。内膳頭《ないぜんのかみ》と献酌侍従《けんしゃくじじゅう》の彼らは、
その間中、多くの椅子を準備しなければならなかったのである。

七八三 (777)
家来たちがその手助けをした。グンターは感謝の言葉を述べた。
大膳職《だいぜんしょく》ルーモルトはその部下たちを

やがて巧みに指揮した。数多くの大型の釜、
壺や鍋、それらがなんと多く見出されたことか！
この国にやって来る客人たちのために食事が準備された。

婦人たちが衣裳を準備するときの苦労も、
並々ならぬものであった。彼女たちは、
人々によい印象を与えるために、
金をちりばめた、遠くまで光り輝く宝石を身に着けたのであった。

七八四

第十三歌章　クリームヒルトが饗宴のため旅立ったこと

七八五 (778)
一同の多忙な様子を語ることは、ひとまずやめることにして、
クリームヒルトとその侍女たちがニーベルンゲン国（クサンテン）から
この饗宴に向かって来ているさまを語ることにしよう。
このように多くの見事な衣裳を馬が運んだためしは決してなかった。

七八六 (779)
多くの長持《ながもち》が旅路のために用意された。
こうして勇士ジークフリートと王妃は一族を引き連れて、
大きな歓びの待ち受ける土地へと馬を進めて行った。
のちにその歓びは、残念なことに、大きな悲嘆に終わるのである。

七八七 (780)
彼ら二人の子供はその国の館に
残されたが、それは致し方のないことであった。

この宮廷への旅によって大きな悲嘆が起こったので、
その子供はもはや二度と父と母に会えなかったのである。

七八八 (781) 老王ジークムントも一緒に馬を進めた。
その後、饗宴でどのようなことが起きるのか、
それが予測できたら、彼は親族に会おうとは思わなかったであろう。
この世で彼にこれ以上悲惨なことは起こり得なかった。

七八九 (782) 様子を知らせる使者が、あらかじめ先方に遣わされた。
そこで多くの立派な勇士たち、グンター王の家来たちが、
華々しい大きな行列をなして、客人たちを出迎えに出て行った。
国王は客人たちを迎えるために、あれこれと立ち働いた。

七九〇 (783) 彼はブリュンヒルトの座っているところへ出かけた。
「そなたがこの国に来たとき、わが妹がいかに出迎えたか。
それと同じようにそなたもジークフリートの妃を出迎えてほしい」
「そうしましょう」、王妃は言った、「それに値するお方ですから」

七九一 (784) グンターが言った。「一行は明日の朝、我々のもとに到着する。
彼らを出迎えるつもりなら、すぐに取り掛かるがよい。
彼らをここの城の中で待つことにならぬよう。
このように親密な客人たちがやって来たことは絶えてなかったのだ」

七九二 (785) すると彼女はすぐさま侍女や婦人たちに命じて、
見出されうる最上の立派な衣裳を探し出させた。
それを自分たちが客人の前で華やかに着るためであった。
その命令を喜んで果たしたことは、容易に理解できよう。

七九三 (786) グンターの家来たちもまた客人たちへの奉仕の準備を急いだ。
国王はすべての勇士を自分のもとに呼び寄せた。
王妃は宮廷の慣習に従って婦人たちを伴い、
親愛なる客人たちを出迎えに出かけた。

七九四 (787) どれほど誉れ高く客人たちは出迎えられたことか！
妃クリームヒルトがブリュンヒルトをブルグントの国で
出迎えたときも、これほどの歓迎ではなかったと思われた。

まだ会ったことのない人たちは、胸を高鳴らせて知り合いになった。

今やジークフリートもまた家来たちとともに到着した。 七九五 (788)
見ると、この勇士たちは野原の至るところ、
大勢の群れをなして、あちこちと駆け回っていた。
雑踏と砂塵を誰も避けることはできなかった。

この国の主人はジークフリートとジークムントを見たとき、 七九六 (789)
なんとやさしく言葉をかけたことだろう。
「よくぞお越しくだされた。わしもまたわしの一族も皆、
そなたたちの来訪をたいへんうれしく思っています」

「かたじけない」、名誉を重んじるジークムント老王が言った。 七九七 (790)
「わが息子ジークフリートがそなたと親戚になって以来、
そなたに会ってみたいものと心をときめかしていました」
すると国王は客人に言った。「それはありがたいお言葉です」

ジークフリートは彼にふさわしくたいへん華やかに 七九八 (791)

出迎えられた。彼を嫌う者は誰もいなかった。
ギーゼルヘアとゲールノートはきわめて丁重に歓待した。
客人がこれほど親しみをこめてもてなされたことはなかったと思う。

二人の国王の妃たちが互いに近づいたので、
多くの鞍は空《から》となった。たくさんの美しい婦人たちが　七九九 (792)
騎士の手に導かれて草地に降り立った。
婦人たちが喜んで奉仕したが、その骨折りは並大抵ではなかった！

愛らしい王妃たちは互いに歩み寄った。　八〇〇 (793)
双方が丁重に挨拶を交わすのを見て、
多くの勇士は大きな喜びを感じた。
多くの勇士が礼儀正しく婦人たちのそばにいるのが眺められた。

威勢のよい家来たちは手を差し伸べた。　八〇一 (794)
丁重に多くの者がお辞儀をしたり、
美しい婦人たちが愛らしく口づけをしたりした。
それは国王たちにも、その家来たちにも、見るからにうれしいことであった。

一同はもはや立ち止まることなく、街の方に馬を進めた。 八〇二(795)
国王は人々に命じて、ブルグントの国で客人たちを
心から歓迎していることを示させた。
乙女たちの前で見事な突撃の競技が数多く行われた。

トロニエのハーゲンとオルトヴィーンは、 八〇三(796)
自分たちが力強いことを明らかにして見せた。
彼らが命じることは何でも、それを拒む者は誰もいなかった。
二人によって気高い客人たちに丁重な奉仕が行われた。

城門のあたりでは（競技で）刺したり突いたりされて、 八〇四(797)
多くの楯が鳴り響くのが聞こえた。入城する前に、
国王は客人たちとともにその城門の前に立ち止まった。
彼らにとって時は大きな歓びのうちに過ぎ去って行った。

やがて彼らは立派な宮殿の前に喜ばしげに到着した。 八〇五(798)
美しい婦人たちの馬の鞍からは、見事に仕立てられた

優美な絹地の鞍掛《くらかけ》が至るところに垂れ下がっているのが
眺められた。そこへグンターの家来たちが出て来た。

八〇六 (799) 彼らは客人たちをただちにそれぞれの部屋に案内した。
ときどきブリュンヒルトは王妃クリームヒルトを
眺めたが、その美しさはたとえようもなかった。
彼女の顔色はどんな輝きにも勝った光を放っていた。

八〇七 (800) ヴォルムスの街では至るところで、家来たちの騒ぐ声が
聞こえた。国王は主馬頭《しゆめのかみ》、ハーゲンの弟ダンクヴァルトに
自ら彼らの世話をするように頼んだ。
主馬頭は家来たちをたいへん親切に宿舎へ案内した。

八〇八 (801) 城の外でも中でも彼らに食事が出された。
客人がこれ以上丁重にもてなされたことはなかった。
彼らが望んだものは、何でも用意されたのである。
国王はたいへん裕福だったので、誰にも拒むことはしなかった。

八〇九 (802)
彼らには親しみと好意をこめたもてなしがなされた。
国王は客人たちとともに食卓に着いたが、
ジークフリートにはかつてのように向かい合って座るよう勧めた。
彼とともに多くの上品な家来たちが食卓に着いた。

八一〇 (803)
千百名の勇士が彼の食卓を囲んで
腰を下ろした。王妃ブリュンヒルトは、
臣下でこれ以上立派な者はいないと思った。
彼女は彼に好意を抱き、末永く生きてほしいと願っていた。(40)

八一一 (804)
国王が喜びながら客人たちと席に着いたとき、
献酌侍従たちがついで回った食卓では、
多くのきらびやかな衣裳がワインで濡れるほどであった。
至れり尽くせりの供応《きょうおう》が真心こめてなされたのであった。

八一二 (805)
饗宴では長い間の習慣としてきたように、
婦人も侍女も満足のいく宿泊でもてなされた。
どこから来た者であれ、国王は進んで彼らに奉仕した。

きわめて丁重にすべての者に十分な施し物をしたのである。

夜が明けて、朝の光が射してきたとき、
長持の中から、婦人たちの手が触れるたびに、
見事な衣裳にちりばめられた多くの宝石がきらめいた。
こうして多くのきらびやかな衣裳がその中から取り出された。 八一三 (806)

まだすっかりと朝にならないうちに、広間の前に
多くの騎士と侍従が集まった。国王のために歌う
早朝のミサの前にどよめきが起こった。
若い勇士たちが競技を行い、そのことに感謝の言葉が述べられた。 八一四 (807)

多くの大ラッパが限りなく大きな音を立てて鳴り響いた。
太鼓や笛の響きが大きく鳴り響いたので、
広いヴォルムスの街中がそのため大きな音で鳴りどよめいた。
意気揚々とした勇士たちが馬に乗って至るところに現れた。 八一五 (808)

(40) この表現の中にやがてブリュンヒルトが彼に敵意を抱くことがほのめかされている。

この国の多くの立派な勇士たちが盛んに　八一六 (809)
競技を始めたのである。若い心に闘志を
燃え立たせた者もかなりたくさんいた。
楯に身を固めた、立派な堂々とした勇士も多く見られた。

窓辺には華やかな婦人や多くの美しい侍女が　八一七 (810)
座っていたが、彼女らは皆きれいに着飾っていた。
彼女らは多くの勇敢な騎士たちの試合を眺めていた。
すると国王が自ら勇士たちとともに馬を駆り出した。

こうして時は流れていき、一同には時間が長いとは思われなかった。　八一八 (811)
やがて大聖堂では多くの鐘の音が聞こえてきた。
婦人たちは引かれてきた馬に乗って退いた。
気高い王妃たちには多くの勇敢な騎士がついて行った。

一同は大聖堂の前で草地に降り立った。　八一九 (812)
ブリュンヒルトは今なお客人たちに好意を抱いていた。
二人の王妃は王冠を戴いて広い大聖堂の中に入って行った。

のちに二人の愛情は消え失せたが、それは大きな憎悪のためであった。　八二〇(813)
ミサを聞いたのち、一同はきわめて淑やかに
戻って来て、ほどなく食卓に楽しげに向かうのが
眺められた。その饗宴での歓びは
十一日目までやむことはなかった。

やがて王妃は考えた。「もはや黙ってはいられない。　八二一
なんとしてもクリームヒルトには答えてもらわねばならない。
彼女の夫は私たちの家来であるのに、なぜこれほど長い間、
私たちへの貢ぎ物《みつもの》を怠ってきたのか、尋ねずにはいられない」

こうして彼女は、悪魔に魅入られたように、なおしばらく待っていたが、　八二二
やがてその歓びと饗宴は悲嘆に変わるのであった。
彼女の心にかかっていたものが、明るみになるときがきたのであり、
それによって多くの国でその悲嘆のさまが聞かれることとなったのである。

第十四歌章　王妃たちが言い争ったこと

夕暮れ前の中庭には多くの勇士が馬に乗って　八二三 (814)
現れた。その見物のために屋敷と屋上は
至るところ人々でいっぱいになった。
婦人たちも広間の窓辺に駆け寄った。

高貴な王妃たちは相並んで席に着いた。　八二四 (815)
彼女らは誉れ高い二人の勇士について語り合った。
王妃クリームヒルトが言った。「私の夫は、
これらすべての国々を手中に収めることのできる人です」

ブリュンヒルトが答えた。「そんなことはありません。　八二五 (816)
あの方とあなた以外に誰もいなければ、

この国々はあの方の支配下にあることでしょう。
しかし、グンターがいる限り、それはあり得ません」

するとクリームヒルトは言った。「あの人をご覧ください。　八二六 (817)
明るい月が星々を圧して光り輝いているように、[41]
あの方はなんと堂々と勇士たちの前を歩いていることでしょう。
私が心楽しい気持ちでいられるのも当然のことです」

この宮廷の王妃は言った。「あなたの夫がいかに立派で、　八二七 (818)
麗しく、また勇敢であるにしても、あなたの気高い兄上、
勇敢なグンターには一歩譲らねばならないでしょう。
あの方こそすべての国王にもまして誉れ高く立派な人です」

それに対してクリームヒルトは答えた。「私の夫は本当に優れた人です。　八二八 (819)
私がほめるのにも理由がないことではありません。

(41) この表現は、かつてクリームヒルト姫がジークフリートの前に初めて姿を現す場面（二八五詩節）と同じであるが、それも偶然ではない。クリームヒルトは愛する夫をほめ称えたに過ぎないのに、その言葉が気位の高いブリュンヒルトを傷つけてしまうのである。

いろいろな徳目であの方は大きな名誉を得ているのです。
ブリュンヒルト様、あの方はグンターと同等の地位にある人です」

八二九 (820) 「クリームヒルト様、悪くお取りにならないでください。
私も理由なしでそのように申したのではありませんから。
私がお二人に初めてお会いし、私のことで国王の望みが
実現して、国王が競技によって私の愛を

八三〇 (821) 獲得された折、私は二人が話すのを聞いたのです。
そのときジークフリート殿は自ら、自分は国王の家来だと言ったのです。
その言葉を聞いてからは、私は彼を家来だと思っています」
すると王妃クリームヒルトは言った。「なんてひどいことでしょう。

八三一 (822) 私の気高い兄弟は、どうして私を
家来の妻になどするものでしょうか？
ブリュンヒルト様、宮廷の礼儀作法のためにも
そのようなことは口にされないよう、心からお願いいたします」

「言わずにはいられません」、国王の妃は言った、 八三二 (823)
「あの人と一緒に私たちに仕えることになった
多くの勇士たちを、私はどうして手放さざるを得ないのでしょうか？
長い間、彼から貢ぎ物を頂いていないのが、私には腹立たしいのです」

「あの人に仕えてもらおうと考えることは、断念して 八三三 (824)
もらわねばなりません。あの方は私の兄上グンターよりも
高貴な人です。あの方が自分の国からあなたに
年貢を収めるなど、決してあってはならないことです」

「それは言い過ぎですわ」、国王の妃が言った、 八三四 (826)
「では、人々が私に対してと同じくらい、
あなたに敬意を払うかどうか、見たいものですわ」
王妃たちは二人とも心に大きな怒りを感じた。

王妃クリームヒルトが言った。「是非、試してみましょう。 八三五 (827)
あなたは私の夫を家来だと言ったからには、
私が国王の妃に先んじて教会に入ることができるかどうか、

今日、二人の国王の家来たちに見ていただきましょう。

私が自由の身であることを、あなたに見せてあげます。

私の夫があなたの夫よりも高貴であることもです。

そのことで私は自ら嘘を言ったなどと言われたくありません。

あなたの臣下だと思っている女性が、ブルグント国の勇士たちに先んじて 八三六 (828)

宮廷に入って行くさまを、今日あなたに見せてあげましょう。
私自身、かつて王冠を戴いた王妃として
知られている人よりも、ずっと身分が高いつもりでいるのです」
こうして王妃たちの間には大きな憎しみが生じたのであった。 八三七 (829)

ブリュンヒルトが再び言った。「あなたが臣下でないと言うのなら、
私たちが大聖堂へ出かけるとき、あなたは侍女たちとともに
私の家来から離れていただくことにいたしましょう」
「確かに」、クリームヒルトは言った、「そういたしましょう」 八三八 (830)

「さあ、侍女たち、衣裳を身に着けなさい」、ジークフリートの妻が言った、 八三九 (831)

「ここで私は辱《はずかし》めを受けてはならないのです。
立派な衣裳を持っていることを見せてあげるのです。
ブリュンヒルトが言ったことを、撤回させてやりたいのです」

このような命令が出されると、侍女たちはすぐに立派な衣裳を　八四〇(832)
探し始めて、多くの婦人も侍女もきらびやかに着飾った。
やがて気高い国王の妃は家来たちを連れて出かけたが、
美しいクリームヒルトもたいへん華やかに着飾り、

アラビア織りのきらびやかな絹の衣裳を身に着けた　八四一(833)
四十三人の侍女を引き連れて、ライン河畔へ向かった。
こうして美しい侍女たちが大聖堂に進もうとしたとき、
館の前ではジークフリートのすべての家来たちが待ち受けていた。

二人の王妃は以前のように相並んで歩かないで、　八四二(834)
離れ離れになって進んでいたので、
それはなぜだろうかと、人々は不思議に思った。
そのことでのちに多くの勇士がたいへん痛い目にあうのである。

八四三 (835) ここの大聖堂の前にはグンターの妻が立っていた。
多くの勇士たちはそこに美しい女性たちを
認めて、それを目の保養にしていた。
そこへ気高いクリームヒルトが華やかな行列を引き連れて来た。

八四四 (836) 高貴な騎士の娘たちがどんな衣裳を身に着けていたにしても、
この彼女の侍女たちに比べれば取るに足りないものであった。
王妃はたいへん裕福だったので、三十人の王妃が集まったとしても、
クリームヒルトと同じほどのものを調達することはできなかったであろう。

八四五 (837) たとえ誰かがそれを願ったにしても、このとき彼女の美しい侍女たちが
身に着けていた衣裳よりも、より立派な衣裳を
見たことがあるなどとは言うことができないであろう。
クリームヒルトがこうしたのもブリュンヒルトを悩ますためであった。

八四六 (838) 両王妃は広々とした大聖堂の前で出くわした。
主人側の王妃は大きな憎しみのために、

高貴なクリームヒルトに立ち止まるように命じた。
「臣下の身分の者は国王の妻の前を歩いてはいけません[42]」　八四七 (839)

するとクリームヒルトは心に怒りを覚えて言った。
「黙っていた方が、あなたにはよかったでしょうに。
あなたはご自分であなたのきれいな身体を汚したのです。
いつの時代に、国王の妃で側妻《そばめ》となったためしが本当にありましょうか?」

「ここで側妻とは誰のことですか?」国王の妃は言った。　八四八 (840)
「あなたのことですよ」、クリームヒルトは言った、「あなたの
美しい身体を最初に愛してあげたのは、私の夫ジークフリートです。
あなたの処女を手に入れたのは、私の兄上ではありません。

あなたの分別はどこへいったのでしょう? それはひどい企みだったのです。　八四九 (841)
あの人があなたの臣下なら、なぜあの人の愛を受けたのですか?

(42) 五、六世紀のブリュンヒルト伝説では両王妃はライン河の中でどちらが上流で水浴びをするのかをめぐって口論するが、ここでは場所が大聖堂の前に移されている。いずれにしても地位争いであることに変わりはない。

あなたの訴えには根拠がありませんわ」と、クリームヒルトが言った。
ブリュンヒルトは言った。「必ずグンターに言ってやります」

八五〇 (842) 「あなたは思い上がって」、クリームヒルトが言った、「分別を失い、
私のことをあなたの侍女だなどとおっしゃったのです。
私には悲しいことですが、それをしかと覚えておいてください。
心からの付き合いは、もはやお断りいたしますから」

八五一 (843) ブリュンヒルトは泣いた。クリームヒルトはもはや構わず、
自分の従者を引き連れて、国王の妃に先んじて大聖堂の中に
入って行った。そのとき大きな憎しみの念が生じた。
そのために明るかった目もひどく曇り、また濡れたのであった。

八五二 (844) 礼拝が行われ、あるいはミサが歌われても、
ブリュンヒルトには時が長く感ぜられるだけであった。
彼女の身体も心もひどい衝撃を受けていたからである。
のちに勇敢で立派な勇士たちがそれを償わなければならなかった。

八五三 (845) ブリュンヒルトは婦人たちとともに大聖堂の前に出て佇《たたず》みながら、
考えた。「あの口の悪い女クリームヒルトは大きな声で
私を咎めたが、そのわけをもっと聞かせてもらわねばならぬ。
ジークフリートがそのことを自慢したとしたら、彼の命に関わることだ」

八五四 (846) 王妃クリームヒルトは多くの勇士たちを引き連れて出て来た。
ここの宮廷の王妃が言った。「立ち止まりなさい。
あなたは私を側妻だと罵《ののし》りましたが、どこでそんな恥辱が
私の身にふりかかったのか、ここで説明し、証拠を見せなさい」

八五五 (847) 美しいクリームヒルトは言った。「私を止めねばよかったのに。
私が証拠とするのは、私の手に嵌《は》めてあるこの黄金の指輪です。
これは夫が初めてあなたのそばに寝た日に、私に持って来てくれたのです」
ブリュンヒルトはこれ以上口惜しい日を体験したことはなかった。

八五六 (848) 「その指輪のことはよく知っています。それは盗まれていたものです」、
王妃は言った、「長いこと行方不明になっていたものです。
誰がそれを盗んだのか、やっと突き止めることができました」

王妃は二人とも大きな激怒を覚えた。

八五七(849) クリームヒルトが再び言った。「私は盗人ではありません。
名誉を守りたければ、あなたは黙っていた方がよかったのに。
私が嘘をついていない証拠は、ここで私が締めている
この帯です。私のジークフリートは確かにあなたの夫なのです」

八五八(850) 彼女は宝石をちりばめた、ニニフェ[43]産の絹の帯を
締めていたが、それはまことに見事なものであった。
ブリュンヒルトはそれを見ると、泣き始めた。
このことはグンターとブルグントの家来すべてが知ることとなった。

八五九(851) 王妃が言った。「ラインの国王を
ここへ呼びなさい。彼の妹がどんなに
私を侮辱したのか、それを聞かせてやるのです。
妹はここの人前で、私をジークフリートの妻などと罵ったのです」

八六〇(852) 国王は勇士たちを連れてやって来た。彼は妻が

泣いているのを見ると、やさしく言葉をかけた。

「話しておくれ、愛しい妃よ、どうしたというのだ?」

王妃は言った。「やさしい王よ、私が悲しいのにはわけがあるのです。

あなたの妹君は私から名誉をすっかり失わせようと
されたのです。あなたに訴えますが、　八六一 (853)

彼女の夫ジークフリートが私を側妻にしたと、妹君は言うのです」
グンター王は言った。「まずいことをしてくれたものだ」
「彼女は私が長いこと失くしていた帯を締め、　八六二 (854)
私の黄金の指輪をも嵌めているのです。王よ、このひどい恥辱を
弁明してくださらなければ、私は生まれてきたことをいつまでも
悔やまねばなりません。そうしてくだされば、いつまでも恩に着ますが」

グンター王が言った。「あの男をここへ呼び出すことにしよう。　八六三 (855)
彼がそのようなことを自慢したのなら、よく問い質《ただ》すことにしよう。
さもなくば、ニーダーラントの英雄にはそれを取り消してもらいたい」

(43) 古代アッシリアの首都で、中世には絹の産地として知られていたとされる。

八六四 (856) クリームヒルトの夫はただちに呼び出された。
騎士ジークフリートが不機嫌な人々を見たとき、
事情が分からなかった。そこで彼はすぐさま言った。
「ご婦人方はなぜ泣いておられるのか、お聞きしたい。
またどういう理由で国王は私を呼び出したのですか」

八六五 (857) 国王グンターは言った。「そなたのためにまずいことになったのだ。
わしの妃ブリュンヒルトがここでわしに言ったことによると、
そなたは、彼女の美しい身体を最初に愛撫したなどと
自慢したそうな。そなたの妻クリームヒルトがそう言ったそうだ」

八六六 (858) すると騎士ジークフリートは言った。「彼女がそう言ったのなら、
そのままにしてはおかないで、彼女を懲《こ》らしめることにしましょう。
そして彼女にはすべての家来の前で、私が彼女にそのようなことを
言わなかったと、明言し、堅く誓ってもらうことにしましょう」

八六七 (859) ラインの国王は言った。「その誓いを是非見せていただきたい。

そなたが口にしている弁明が、ここでうまくなされたら、
偽りの話は一切なかったことにしよう」
誇り高いブルグントの騎士たちは輪を描いて集まった。

ジークフリートは誓いのために手を高く差し上げた。
権勢高い国王は言った。「そなたが完全に潔白であることは
よく分かった。そなたの疑いは晴れたことといたそう。
わしの妹が言ったようなことは、まったく何もなかったことなのだ」
八六八 (860)

ジークフリートが再び言った。「私の妻がブリュンヒルト様に
不愉快な思いをさせて、いい気になっているとしたら、
それは私にもまことにこのうえなく悲しいことです」
勇敢で立派な騎士たちは互いに顔を合わせた。
八六九 (861)

「婦人たちには」、勇士ジークフリートが言った、
「余計なことは口にしないよう、諭《さと》さなければなりません。
あなたの奥方にそれを禁じてくだされば、私の妻にも同じようにします。
妻のきわまりない不作法には私も本当に恥じ入っています」
八七〇 (862)

八七一 (863) 多くの美しい婦人たちは口を閉じてしまった。
ブリュンヒルトはひどく悲しんでいたので、
グンター王の家来たちはそれを哀れんだ。
トロニエのハーゲンが王妃のところへ出かけて行った。

八七二 (864) 王妃が泣いているのを見て、どうされたのかと彼は尋ねた。
彼女が子細《しさい》を話すと、彼はただちに、
それはクリームヒルトの夫が償わねばならないと、誓った。
さもなければ、彼はそのことで楽しくなることはあるまいと。

八七三 (865) 英雄たちがジークフリート暗殺を謀《はか》っているところへ、
オルトヴィーンとゲールノートもまたやって来た。
さらに気高きウーテの息子ギーゼルヘアも加わった。
彼らの話を聞いて、彼はやがて真心こめて言った。

八七四 (866) 「ああ、立派なあなた方、なぜそのようなことをされるのですか?
ジークフリート殿は命を失わねばならないほど、

人の恨みを買うことなどしたことはありません。
婦人たちはごく些細《ささい》なことで怒ったりするものです」
「彼のような奴を養ってよいものでしょうか?」ハーゲンが言った、
「それは立派な勇士には少しも名誉なことではありません。 八七五 (867)
わが親愛なるお妃様のことで自慢したとあれば、
彼が命を失うか、さもなくば私が死んでしまいます」

すると国王が言った。「彼はいつも誠実に我々のために 八七六 (868)
尽くしてくれた。彼は生かしておかねばならぬ。
我々が今彼に憎しみを抱いたとて、何の役に立とうか?
彼はこれまで我々のために誠実に自ら進んで尽くしてくれたのだ」

するとメッツの勇士オルトヴィーンが言った。 八七七 (869)
「彼の剛勇な力など我々には何の役にも立ちません。
王様が許してくだされば、私が彼に思い知らせてやりましょう」
こうして勇士たちは理由もなく彼に敵意を抱いたのである。

八七八 (871) 彼らはその話を打ち切って、競技を眺めた。
ああ、大聖堂から広間に進むジークフリートの妃の前で
なんと丈夫な槍が砕け散ったことか！
しかし、グンター王の多くの家来たちは心楽しくはなかった。

八七九 (870) このことを誰も追及しなかったが、ただハーゲンだけは
始終勇士グンターに対して、ジークフリートが亡き者となれば、
多くの国々が自分たちのものになるであろうと
唆《そそのか》した。それで勇士は憂鬱な気分になってきた。

八八〇 (872) 彼は言った。「人殺しをするような怒りはやめようではないか。
彼は我々の至福と名誉のために生まれてきた人なのだ。
また勇敢なあの男は恐ろしいほど強くもあるのだ。
彼がそれに気づけば、誰も彼に刃向かうことなどできないのだ」

八八一 (873) 「いや」、ハーゲンが言った、「あなたは何も言わなくても結構です。
私が密かにうまく工夫をして、ブリュンヒルト様の嘆きを
あの男に思い知らせてやりましょう。

本当にハーゲンは永遠に彼を敵としましょう」

八八二 (874) するとグンター王は言った。「どうしてそんなことができるのか?」
ハーゲンが答えた。「それをお聞かせしましょう。
ここで誰も知らないような使者を、我々の国に
来させてから、公然と戦いを挑ませるのです。

八八三 (875) そしてあなたは客人たちの前で、家来を連れて
出陣するつもりであることを宣言するのです。そうすれば、
あの男はあなたに出陣を誓い、それで命を失うことになるのです。
彼の傷つく箇所がどこなのかは、私が彼の妻から聞き出すことにします」

八八四 (876) 国王は、残念なことに、家臣ハーゲンの言うことに従った。
選り抜きの勇士たちは、ひどく不実な裏切りを
企み始めたが、それに誰も気づかなかった。
二人の王妃の口論によって多くの勇士が命を失うのであった。

第十五歌章　ヴォルムスでジークフリートが裏切られたこと

八八五 (877) 四日目の朝、三十二名の勇士が宮廷に馬を進めるさまが
眺められた。そこで権勢高いグンター王に対して
戦いを挑んでいることが伝えられた。
この虚報によって婦人たちに大きな災いが生じたのである。

八八六 (878) 許しを得て、彼らが前に進み出てから
報告するところによると、彼らはリウデガーの家来であり、
王はかつてジークフリートによって捕らえられ、
人質としてグンターの国に連れて来られたことがあった。

八八七 (879) 国王は使者たちを迎えて、席に着くよう勧めた。
そのうちの一人が言った。「国王様、お伝えすべき

用件を果たすまでは、立たせたままにしておいてください。
あなた方は多くの勇士を敵としていることをご承知ください。

八八八 (880) リウデガストとリウデガーはかつて恐ろしい痛手を
被《こうむ》りましたが、またもやあなたに戦いを挑み、
軍勢を率いてこの国に攻め込もうとしているのです」
グンター王は、これが嘘であるのを知らないかのように、怒った。

八八九 (881) 偽《にせ》の使者は宿舎へ行くよう勧められた。
ジークフリートは、否《いな》、ほかの誰であれ、企みが
隠されているなどと、どうして知ることができたであろうか？
このことはやがて企みの本人自身にとって大きな災いとなるのである。

八九〇 (882) 国王は親族たちと囁《ささや》きながら歩いていた。
トロニエのハーゲンは彼に決して落ち着きを与えなかった。
国王の家来の多くはいまだにその企みをやめさせようとしたが、
ハーゲンはその計画を決して取りやめようとしなかった。

八九一 (883) ある日、ジークフリートは彼らが囁いているのを目にした。
ニーダーラントの英雄は尋ねた。
「国王とご家来衆はどうしてそんなに悲しんでおられるのですか？
国王に何かしでかす者がおれば、私がその仕返しをしてあげましょう」

八九二 (884) すると国王グンターが言った。「わしが悲しいのもわけがあるのだ。
リウデガストとリウデガーがわしに戦いを挑んできて、
今や決然とわしの国に乗り込もうとしているのだ」
そこで優れた勇士は言った。「それはこのジークフリートが

八九三 (885) 必死になって食い止め、あなたの名誉を守ってあげましょう。
このたびもあの勇士たちに以前と同じ目にあわせてやります。
彼らの城と国を攻め滅ぼすまでは
決してやめません。私の首を担保に差し出しましょう。

八九四 (886) あなたとあなたの家来たちはここにとどまって、
ここにいる私の家来とともに私を行かせてください。
私が喜んでお仕えすることをお目にかけましょう」

グンター王はそのことで彼に感謝の言葉を述べた。

八九五 (888) 彼らは従卒たちとともに出陣の準備をしたが、
それはジークフリートとその家来たちに見せるためであった。
彼はニーダーラントの勇士たちに準備をするよう命じた。
選り抜きの勇士たちは戦闘用の衣服を探し求めた。

八九六 (889) 騎士ジークフリートは言った。「わが父ジークムント王よ、
あなたはここにおとどまりください。神の恵みがあれば、
私はすぐにまたこのラインに戻って参ります。
あなたはここの国王のもとで楽しくお過ごしください」

八九七 (890) 一同は出陣するかのように、旗を結び付けた。
グンター王の家来の中には、なぜ出陣するのか、
その事情を知らない者も多くいた。
ジークフリートのもとには多くの部下が集まっているのが見られた。

八九八 (891) 彼らは兜とまた鎧をも馬に担《にな》わせた。

多くの勇猛な戦士がその国から出陣しようとした。
そのときトロニエのハーゲンはクリームヒルトのところに出かけて、
一同がこの国を出発することを告げて、暇乞いをした。

八九九 (892) すると王妃クリームヒルトは、「私の夫ジークフリートが
私の親族に尽くしてくれるのと同じように、私の大切な親族を
よく守ってくれるあなたのような勇士がいてうれしい限りです。
そのことを私は誇らしく思っています」と、言った。

九〇〇 (893) 「親愛なるハーゲン殿、私が喜んであなたに尽くし、
決して憎しみなど抱いたことがなかったことを考えて、
あなたも私の愛しい夫に尽くして、私を喜ばせてください。
私がブリュンヒルトに何かしたといって、仕返しをしないでください。

九〇一 (894) あれは今では後悔しているのです」と、気高い王妃は言った、
「夫もあのことでは私を散々に叩きました。
私があの言葉で王妃の気持ちを苦しめたことに対しては、
あの勇猛果敢な英雄が懲罰《ちょうばつ》を加えたのです」

「お二人はまたすぐに仲良くなられることでしょう。
愛しい王妃クリームヒルト様、私があなたの夫ジークフリート殿に
尽くすためにはどうしたらよいか、お教えください。
王妃よ、私は誰よりもまずはあなたのお役に立ちたいのです」 九〇二(895)

「夫は傲慢な気持ちにならなければ」、気高い王妃が言った、
「戦闘において誰かに命を奪い取られることなどは、
私はまったく心配しておりません。
勇敢で立派な英雄はいつまでも安全でいられましょう」 九〇三(896)

ハーゲンが再び言った。「王妃様、もしもあの人が傷を負わされる
ことを心配されるのでしたら、どのような工夫でそれを
防ぐことができるか、どうか私にお教えください。
あの人と並んで馬に乗ったり、歩いたりしてお護りいたしましょう」 九〇四(897)

王妃は言った。「あなたは私の親族、同様に私もあなたの親族ゆえ、
真心こめて私のやさしい夫の身をあなたに委ねますから、 九〇五(898)

どうぞ私のために愛しい夫をお護りください」
よせばよかったのに、彼女は彼に打ち明け話をしたのである。

九〇六 (899) 彼女は言った。「私の夫は勇敢で、そのうえ屈強でもあります。
山の麓で竜を打ち倒したときには、
あの優れた勇士は竜の血を浴びましたが、
それによってそれ以降どんな武器でも傷つけられたことはありません。

九〇七 (900) しかし、私が心配なのは、夫が戦場に立って、
戦士たちの手から多くの投槍が飛んできたら、
私は愛しい夫を失いやしないかということです。
本当に、私は時折、夫のことをひどく心配しているのです!

九〇八 (901) 親愛なる友よ、あなたが私に誠実を
尽くしてくれることを信じて、お教えいたしましょう。
私の愛しい夫の傷つく箇所がどこなのか、
あなたにお聞かせするのも、あなたを信じてこそのことなのです。

九〇九 (902) 竜の傷口から熱い血が流れ出してきたとき、
立派で雄々しい勇士はその血を浴びましたが、そのとき
彼の両肩の間には広い菩提樹《ぼだいじゅ》の葉がくっついたままだったのです。
そこが彼の傷つく箇所で、そのために私はとても心配なのです」

九一〇 (903) すると不実な男は言った。「彼の衣服の上に
あなたご自身の手で小さなしるしを縫《ぬ》い付けてください。
私がどこを護ればよいかが、それで分かります」
彼女はそれで英雄を救えると思ったが、死のきっかけとなったのである。

九一一 (904) 彼女は言った。「細い絹糸で夫の衣服の上に
目立たない十字のしるしを縫い付けておきます。勇士よ、
夫が激しい戦闘の中で敵の前に立ち、両肩間を
狙われたときには、どうぞあなたが私の夫を護ってください」

九一二 (905) 「必ずそうしましょう」、ハーゲンが言った、「愛しい王妃様」
王妃はそれが夫の役に立つと思ったのであるが、
それでもって勇敢な英雄は裏切られることとなったのである。

ハーゲンは暇乞いを告げて、心を弾ませながらそこを立ち去った。

九一三 彼が聞き出したことを、彼の主君は話してほしいと願った。
「まず出陣を取りやめて、狩りに出かけることにしてください。
どうしたらあの男に会えるか、それも知りたいところですが、
その手筈を整えてくれますか？」「そうしよう」と、国王は答えた。

九一四 (906) 国王の家来（ハーゲン）はまことに晴れやかな気分であった。
思うに、その家来がなしたようなひどい裏切りは、
どんな勇士でも敢えてすることはないであろう。
王妃クリームヒルトは彼の誠実を信じていたのだから。

九一五 (907) 三日目の朝、騎士ジークフリートは千人の部下を
引き連れて心弾ませながら出かけて行った。
彼は親族の憂いを取り除いてやろうと思っていたのである。
ハーゲンは彼の近くに馬を進めて、その衣服を眺めた。

九一六 (908) 彼は例のしるしを目にすると、二人の家来を

密かに使いに出して、新しい報告を行わせた。
つまり、自分たちはリウデガー王によってこの国に遣わされたが、
グンター王の国は平穏無事のままであるだろうというのである。

九一七 (909) 国王の敵に何の痛手も加えずに引き返すことは、
ジークフリートにはなんと残念なことであったろうか！
グンター王の家来たちは彼を引き戻すのに苦労したのであった。
彼が国王のところに戻ると、主人は彼に感謝の言葉を述べた。

九一八 (910) 「ジークフリート殿、そなたの厚意に神の報いがありますよう。
わしの願いをそなたが快く果たしてくれていることに、
わしは当然のことながらいつまでもご恩返しをするつもりだ。
すべての親族にもまして、わしはそなたを信頼しているのだ。

九一九 (911) これで我々は戦争に出かける必要はなくなったので、
ヴォルムスからライン河を越えて狩りに出かけ、
オーデンの森[44]で気晴らしをしようと思う。
これまでよく行《おこな》ってきたように、猟犬《りょうけん》を連れて狩りに出かけよう。

九二〇 (912) わしのすべての家来に、朝早く出かけることを
伝えるのだ。わしと一緒に狩りに出かけたい者は、
その準備をするのだ。ここに残って婦人方と
楽しく過ごすのも、わしにとってはうれしいことだ」

九二一 (913) すると騎士ジークフリートは威勢のよい態度で言った。
「あなたが狩りに出かけるなら、私も喜んでお供《とも》しましょう。
私に一人の勢子《せこ》と数匹の猟犬を
お貸しいただきたい。それでご一緒に森へ出かけましょう」

九二二 (914) 「一人だけでよろしいかな？」国王はすぐに言った、
「お望みなら、森のことも、また動物が行き交う小道のことも
よく知っている四人の勢子をお貸しいたそう。彼らがいれば、
道に迷わずにそなたを我々のところに連れ戻してくれよう」

九二三 二人の不実な男たちはジークフリートの暗殺を決めた。
そのことを一族全員が知っていた。ギーゼルヘアとゲールノートは

狩りに行きたくはなかった。だが、どういう憎しみから彼らは
警告しなかったのか、それは分からないが、のちに報いを受けたのである。

(44)　写本Bではヴァスケンの森となっているが、ヴァスケンの森はライン左岸にあるヴォーゲーゼン山脈の森のことであり、「ライン河を越えて」行くという表現（九二六詩節と九三五詩節も参照のこと）では矛盾することになる。そこで写本Cではライン右岸にあるオーデンの森に修正されている。

第十六歌章　ジークフリートが暗殺されたこと

九二四 (916)
雄々しい勇士グンターとハーゲンは、
不実なことを企みながら森への狩りを約束した。
鋭い槍でもって彼らは猪《いのしし》、熊そして野牛《やぎゅう》を
狩ろうとするのである。これ以上に勇壮なことがあろうか？

九二五 (917)
彼らとともにジークフリートもまた、心弾ませて出かけて行った。
王者にふさわしい食事が一緒に運ばれた。
ある冷たい泉のほとりで彼の命は奪われるのであるが、
それはグンター王の妃ブリュンヒルトが唆したことであった。

九二六 (918)
雄々しい勇士はクリームヒルトのいるところへ出かけた。
彼の豪華な狩衣《かりぎぬ》と家来たちの狩衣もまた、

馬に積まれてあった。彼らはライン河を越えて行くのである。
クリームヒルトにとってこれ以上悲しいことはなかった。

九二七 (919) 彼は愛しい妻の口に接吻した。
「妃よ、神のご加護によって、無事にまたそなたと会い、
そなたも私に会えますよう。そなたはやさしい身内とともに
楽しくしているがよい。私はこの館にとどまってはいられないのだ」

九二八 (920) 彼女はハーゲンが尋ねたときのことを思い出したが、
それを口には出せなかった。気高い王妃は
自分が生まれてきたことを打ち嘆いた。
勇敢なジークフリートの妻は限りなく泣いた。

九二九 (921) 彼女は勇士に言った。「狩りに行くのはやめてください。
昨夜、私は嫌な夢を見ました。二匹の猪が野原であなたを
追いかけている夢で、花が赤色に染まったのです。
哀れにも私がこんなにひどく泣くのもわけのないことではありません。

九二〇 (922) ジークフリート様、私は企みがありはしないかと恐れているのです。
誰かの感情を傷つけているとしたら、そういう人が
私たちにひどい憎しみを抱くのではないかと気にかかるのです。
おとどまりください、ジークフリート様、真心から忠告いたします」

九二一 (923) 彼は言った。「愛しい妃よ、私は数日後には戻って来る。
私たちに恨みを抱いているような敵はここにはいない。
そなたの親戚は皆、私に好意を抱いてくれている。
またここで勇士たちからそのような報いを受けたこともない」

九二二 (924) 「いいえ、ジークフリート様、私はあなたが倒されるのが心配です。
昨晩、私は二つの山があなたの上に崩れ落ちる不吉な夢を
見たのです。もはやあなたの姿が見えなかったのです。
私から別れて行かれるなら、それが心から悲しくてなりません」

九二三 (925) 彼は両腕で美徳にあふれた妻を抱き締め、
愛情のこもった接吻をしながら、美しい身体を愛撫した。
そのあとすぐに彼は別れを告げて出かけて行った。

彼女はその後、残念ながら、二度と無事な夫を見ることはなかった。

九三四 (926) 一行は狩りを楽しむためにそこから深い森の中へと
馬を進めた。勇敢な多くの勇士たちも
国王に従った。彼らとともにたくさんの美味な食事も
運ばれた。それをのちに英雄たちは食べることになっていたのである。

九三五 (927) 荷物を積んだ多くの馬が、一行に先んじてライン河を越えた。
狩人たちのためにパンやワイン、肉や魚、
その他、裕福な国王なら当然持っているような、
多くの貯えの食料を運んだのである。

九三六 (928) 勇敢で誇り高い狩人たちは、緑の森の前で、
狩りを行うべき野獣の小道に向かって、
広い川中島の上に陣屋を設けさせた。
そこへ騎士ジークフリートがやって来て、それが国王に報告された。

九三七 (929) 狩猟仲間たちによってあらゆる方面に待ち伏せ場所が

設置された。強くて勇敢なジークフリートは
言った。「勇猛果敢な勇士たちよ、誰が我々を
森を通って山の麓《ふもと》まで案内してくれるのか？」

九二八 (930) 「ここで我々は」、ハーゲンが言った、
「別れ別れに散らばって、狩りを始めることにしよう。
そうすれば、この森の狩猟で誰が一番の獲物を
射止《いと》めるのか、それが我々、私にもまたわが主君にも分かるだろう。

九二九 (931) 勢子もまた猟犬も分け合って、
それぞれ好きなところへ出かけて行くことにしよう。
一番多くの獲物を射止めた者に、栄誉を授けることにしよう」
彼らはもはやこれ以上休憩場所にとどまることはなかった。

九四〇 (932) すると騎士ジークフリートは言った。「私は森の中で動物たちの
足跡を見分けることのできる、よく訓練された
一匹の猟犬以外には、犬は必要ではない」
そこでグンター王は、彼がほしいという猟犬を用意した。

九四一 (933)
狩猟の名人が一匹の猟犬を連れて来て、
すぐにその勇士を動物がたくさんいるところへ
案内した。動物がその巣から飛び出して来ると、
狩猟仲間たちは、狩りの名人のように、それらを射止めた。

九四二 (934)
例の猟犬が駆り出した獣は、ニーダーラントの英雄、
勇敢なジークフリートが自らの手で射止めた。
彼の馬はたいへん早く走ったので、逃れる獣はなかったのである。
この狩りにおいては誰にもまして彼が称賛を勝ち得たのであった。

九四三 (935)
彼はすべての点で有能な腕前を見せた。
彼が自らの手で射殺した
最初の獣は、丈夫な若い野猪《やちょ》であった。
そのあと彼はすぐに一匹の逞《たくま》しい獅子《しし》を見つけた。

九四四 (936)
それが駆り出されたとき、彼は弓でそれを射止めた。
一本の鋭い矢をその動物に命中させたのである。

獅子は射止められてのちは三跳びしか走れなかった。
狩猟の仲間たちがジークフリートをほめ称えた。

九四五 (937)
それから彼はすぐに一頭の水牛と一頭のヘラジカ、
四頭の丈夫な野牛、そして一頭の逞しいアカシカを射止めた。
彼の馬は素早く追いかけたので、逃れられなかったのである。
雄鹿《おじか》も雌鹿《めじか》も彼から逃げ去ることはできなかった。

九四六 (938)
猟犬が一頭の大きな野猪を見つけた。
野猪が逃げようとすると、すぐさま
あの狩猟の名人がそれに立ち向かった。
その猪は怒ってたちまち優れた勇士に跳び掛かった。

九四七 (939)
するとクリームヒルトの夫は剣でそれを切り殺した。
ほかの狩人ならこのように簡単にはいかなかったであろう。
彼が猪を打ち倒すと、人々は猟犬を繋《つな》いだ。
彼がたくさん獲物を射止めたことは、ブルグント人に知れ渡った。

九四八 (940) 仲間の猟師たちは言った。「お許し願えれば、
ジークフリート殿、獣は少し我々に残しておいていただきたい。
これでは山も森も今日中に獣がいなくなってしまいます」
それを聞いて、勇猛果敢な勇士はほほ笑んだ。

九四九 (941) 至るところで騒音とどよめきが聞こえた。
勢子や猟犬の叫び声はとても大きかったので、
山も森もこれに応えて谺《こだま》をかえした。
猟師たちは三十四匹の猟犬を解き放したのである。

九五〇 (942) 多くの野獣が命を失わねばならなかった。
狩人たちはこの狩りで賞を勝ち得ようと
思ったが、屈強のジークフリートが炉端《ろばた》に
姿を見せれば、そうはいかなかった。

九五一 (943) 狩猟は終わったが、まだ完全に片付いたわけではなかった。
炉端に行こうとする者は、かなりたくさんの動物や
獣をたっぷりと一緒に持ち運んだ。

ああ、なんと多くの獲物が料理場の国王の家来のもとに運ばれたことか！

九五二 (944) 国王は選り抜きの狩人《かりゅうど》たちに、食事をする旨、
伝えさせた。そこで角笛が一度高らかに
吹き鳴らされた。それでもって気高い国王が
天幕に戻っていることが一同に知らされたのであった。

九五三 (945) ジークフリートの猟師が言った。「これから天幕に
集まるようにという角笛の合図を
聞きましたが、それに返答したいと思います」
そこで猟師たちを呼び求めて角笛が何度も吹き鳴らされた。

九五四 (946) 騎士ジークフリートは言った。「さあ、我々も森を出ることにしよう！」
馬は彼を軽やかに運び、一同は彼のあとについて急いだ。
一同の立てる物音で、恐ろしい一匹の獣が跳び出て来た。
それは荒々しい熊であった。そこで勇士は背後の者に言った。

九五五 (947) 「我々仲間に座興《ざきょう》を添えてくれようとするなら、

猟犬を解き放してもらいたい。一頭の熊がいるから、
あれを一緒に天幕まで連れて帰ることにしよう。
いくら熊が激しく抵抗しても、決して逃れることはできまい」

九五六 (948) 猟犬は解き放たれた。熊はその場から逃げ出した。
クリームヒルトの夫はそれを追いかけた。
しかし、彼は険しい地形にやって来て、どうにもならなくなった。
逞しい獣はその狩人から逃げ失せたものと思っていた。

九五七 (949) ところが、誇り高い立派な騎士は馬から跳び降り、
勢いよく走り出した。獣はうっかりしていて、
逃れることはできずに、すぐさま捕らえられてしまった。
どんな傷を負うこともなく、勇士は獣をただちに縛り上げた。

九五八 (950) 熊は勇士に対して引《ひ》っ掻《か》くことも、嚙《か》みつくこともできなかった。
勇士は熊を鞍に縛りつけた。勇猛果敢な勇士は、
意気揚々とその熊をそこから力ずくで、
一同を喜ばせるために炉端に運んだ。

彼はなんと誇らしげに天幕へ戻って来たことか！ 九五九 (951)
彼の槍はたいへん大きく、頑丈で、幅が広かった。
丈夫な楯が拍車のあたりまで垂れ下がっていた。
彼はきらきら輝く黄金《こがね》作りの立派な角笛《つのぶえ》を携えていた。

これ以上立派な狩装束《かりしょうぞく》については、話に聞いたことがない。 九六〇 (952)
その姿を見ると、彼は黒絹の上着を身に着け、
黒貂《くろてん》の帽子を被っていたが、それはまことに見事なものであった。
ああ、その箙《えびら》にはなんと見事な縁取《ふちど》りがしてあったことか！

箙の上には豹《ひょう》の毛皮が被せられていて、 九六一 (953)
豪華さと甘美さをたたえていた。彼はまた弓も携えていて、
彼自らが引き絞るのでなければ、巻き上げ機を用いて
引かねばならないほどのものであった。

彼の衣裳はすべて川獺《かわうそ》の毛皮で出来ており、 九六二 (954)
その上に頭から裾《すそ》まで斑点《はんてん》が散らばっていた。

きらびやかなこの毛皮から多くの黄金の留め金が
勇敢な狩猟の名人の両脇に輝いていた。

九六三 (955) 彼はまたバルムングという、幅が広くて、丈夫で、
鋭くもあった見事な剣を携えていた。兜に向かって切りつけても、
なんと驚くべき切れ味だったことか！　まことに鋭い刃であった。
立派な狩人は大いに意気揚々としていた。

九六四 (956) このような話を締め括《くく》るために付け加えると、
彼の立派な箙には見事な矢がたくさん詰められてあり、
矢の留め輪は黄金色をしていて、矢尻は掌《てのひら》ほどの幅があった。
この矢で射止められたら、たちまち死なねばならなかった。

九六五 (957) 気高い騎士はまことに狩人らしく馬を駆けさせた。
グンター王の家来たちは彼が戻って来るのを見ると、
彼を出迎えに出て、その馬を預かった。
その鞍には大きくて頑丈な熊が縛り付けられていた。

九六六 (958)
馬から降りると、彼は熊の脚や口の縛《いまし》めを
解いた。するとその熊を見た猟犬どもは
たちまち大きな吠え声を上げた。
熊が森へ逃げようとすると、人々は動揺した。

九六七 (959)
熊はこの騒ぎで料理場に逃げ込んだ。
ああ、どれだけの料理人が炉端から跳び退いたことか！
たくさんの鍋がひっくり返され、多くの炉端の火が蹴散《けち》らされた。
ああ、どんなにおいしい食べ物が灰にまみれてしまったことか！

九六八 (960)
そこで主君たちと家来たちも席から跳び立った。
熊は怒り始めたので、国王は綱に繋いでいた
猟犬をすべて解き放たせた。
それで無事に済んでいたら、楽しい日であったろう。

九六九 (961)
雄々しい勇士たちはもはやじっとしてはいられず、
弓と槍を手に取って、熊の行く方に駆けつけた。
猟犬がたくさんいたので、誰も射ることができなかった。

大きく騒ぎ立てる音で、山も森も両方とも鳴りどよめいた。

九七〇 (962) 熊は猟犬の前から逃げ出した。
クリームヒルトの夫以外、熊に追いつく者はいなかった。
彼は剣を持って追いつき、熊を切り殺した。
やがてその熊を人々は再び炉端に運び戻した。

九七一 (963) このさまを見た者たちは、彼こそ剛勇の勇士だと称えた。
誇り高い狩猟仲間たちは食卓に着くように案内され、
多くの者が美しい芝生の上に腰を下ろした。
なんと見事な食事が狩猟仲間たちに差し出されたことか！

九七二 (964) ただワインを運ぶべき酌人《しゃくにん》たちだけは全然現れなかった。
そのほかではこれ以上丁重に勇士たちにもてなされたことはなかった。
彼らのうちで何人かが邪《よこしま》な心を抱きさえしなかったら、
勇士たちはどんな汚名《おめい》も受けずに済んだことであろう。

九七三 勇敢でありながら死ぬ運命にあるその男（ジークフリート）は、

彼らが不実を働くなどとは予想だにしていなかった。
彼は決して疑うこともなく、まことに美徳にあふれていた。
のちにその死のために、関与しなかった者も犠牲とならねばならなかった。

九七四(965) 騎士ジークフリートが言った。「不思議でならない。
料理場からこんなにたくさんの食べ物が運ばれていながら、
なにゆえに酌人たちはワインを我々に持って来ないのか。
もっとよくもてなしてくれなければ、狩人にはなりたくない。

九七五(966) 私はもてなしを受けるだけのことはしてきたつもりだ」
国王は偽りの心を抱きながら、食卓越しに言った。
「不足のものがあれば、喜んで償わせることにしよう。
今日ここに飲み物がないというのは、ハーゲンの責任だ」

九七六(967) するとトロニエのハーゲンは言った。[45]「親愛なる国王、
私は、今日のこの狩りはシュペッサルトで行われるものと
思って、ワインはそちらに送っておいたのです。
ここでは飲み物なしになりましたが、以後気をつけます！」

九七七 (968) するとジークフリートが言った。「ありがたくない話だ。
私にはワインと蜜入り酒を七頭のラバで運んでくれても
よかったくらいだ。それができなければ、
もっとライン河畔の近くに天幕を張ってくれてもよかったのだ」

九七八 (969) ハーゲンがまた言った。「勇敢で気高い騎士の方々、
私はここの近くに冷たい泉があるところを知っています。
怒るのはやめてください。我々はそこへ行くことにしましょう」
この提案は多くの勇士たちに大きな災いをもたらすこととなった。

九七九 (970) ニーダーラントの英雄は喉《のど》の渇《かわ》きに堪《た》えられなくなり、
より早く食卓を片付けるよう命じた。
彼は山の麓にある泉へ行こうとしたのであるが、
その提案には勇士たちの不実な企みが隠されていたのである。

九八〇 (971) ジークフリートが打ち倒した獣は、

(45) 中部ラインの右岸にある森。

荷車に乗せて町まで運ぶよう命ぜられた。
それを見た人は彼の手柄を大いにほめ称えたが、
グンターはひどいことにジークフリートの誠実を裏切る行為に出た。

九八一
(972)

彼らが大きな菩提樹のところへ出かけようとしたとき、
ハーゲンは再び言った。「たびたび聞いていることですが、
クリームヒルトの夫は、走り出すと、誰もそれに
ついて行けないとのこと。我々にもそれを見せていただきたい！」

九八二
(973)

するとニーダーラントの騎士ジークフリートは言った。
「あなた方が私と泉のところまで競走したいと思われるなら、
試してみるがよい。競走したうえで、
一番最初に到着した者が勝ちを収めたことにしよう」

九八三
(974)

「それでは、我々も試してみよう」と、勇士ハーゲンは言った。
すると屈強のジークフリートは言った。「では、私はこの芝生の上で
あなた方の足元に身を横たえてから走り出すことにしよう」
グンター王がそれを聞くと、彼はなんと喜んだことか！

九八四 (975) 優れた勇士は言った。「さらに付け加えて言っておくが、
私は槍や楯をはじめ、それに狩装束など、
すべての衣服を身に着けて走ることにしよう」
ただちに彼は箙《えびら》や剣を身体に結び付けた。

九八五 (976) ほかの二人は衣服を脱いで、
白い肌着姿で立っているのが見られた。
彼らは二頭の荒々しい豹のようにクローバーの野原を駆けた。
しかし、それより先に泉に到着したのは、俊敏なジークフリートであった。

九八六 (977) 彼は多くの者にも増して、すべてのことで称賛を勝ち得た。
彼は剣をすぐさまはずして、箙を下に置き、
丈夫な槍を菩提樹の枝に立てかけた。
泉の流れのそばにこの堂々とした客人は立っていた。

九八七 (978) ジークフリートはまことに美徳にあふれた人物であった。
彼は泉の流れるほとりに楯を下ろした。

喉はひどく渇いていたが、勇士は国王が着くまで、
長く思われたけれども、決して飲まなかった。

泉の水はたいへん冷たく、澄んでいて、おいしかった。 九八八 (979)
グンター王は足元の泉に身をかがめて、
その流れに口をもっていって水を飲んだ。
彼に続いてジークフリートも同じように飲むものと、一同は思った。

しかし、彼の礼儀正しさが逆手《さかて》に取られた。彼の弓も剣も、 九八九 (980)
ハーゲンがすべてそこから運び去った。
ハーゲンは槍のあるところに再び戻って来ると、
勇士の衣服の上にある十字のしるしを目にとめた。

騎士ジークフリートが泉の上にかがんで飲もうとしたとき、 九九〇 (981)
ハーゲンは十字のしるしめがけて突き刺すと、心臓の血が
傷口から飛び散って、ハーゲンの衣服を濡らした。
勇士たる者がこのようなひどい悪行《あくぎょう》をなしたことはなかった。

ジークフリートの暗殺

九九一 (982)
ハーゲンは心臓までも貫いた槍をそのままにして、
この世において誰からもあのように
逃げ出したことがないほど、ビクビクして逃げ去った。
勇猛な騎士ジークフリートは深手《ふかで》を負ったと感じたとき、

九九二 (983)
荒れ狂ったように泉から跳び上がった。
長い槍の先が背中から心臓を貫いて突き出ていた。
勇士は弓か、または剣を見つけようと思った。
見つかれば、ハーゲンはその所業《しょぎょう》に対する報いを受けたであろう。

九九三 (984)
深手の勇士は剣を見つけることができず、
もはや手元には楯以外には何もなかった。
彼は泉から楯を手に取り、ハーゲンに向かって突進した。
不実な男は彼から逃れることはできなかった。

九九四 (985)
彼は致命傷を受けていたが、力強く打ちつけると、
楯からたくさんの宝石が
飛び散り、楯はズタズタに打ち砕かれた。

高貴な客人はなんとか仕返しをしたかったのである。

九九五 (986) ハーゲンは彼の腕前によってよろめき倒れた。
力強い一撃のために砂《さ》洲《す》は大きな音を立てて鳴り響いた。
ジークフリートが剣を持っていたら、ハーゲンは死んでいたであろう。
だが勇士は辛うじて致命傷を受けずに逃れることができた。

九九六 (987) ジークフリートの力は消え失せて、もはや立つことができなかった。
蒼ざめた顔色には死《し》相《そう》が現れていて、
身体の力もほとんどなくなろうとしていた。
のちに彼は多くの美しい婦人たちによって嘆かれたのであった。

九九七 (988) クリームヒルトの夫は草花の中に倒れた。
その傷口からは血が激しく流れ出た。
彼はこのような不実な暗殺を企てた者たちを
罵り始めたが、それも至極当然のことであった。

九九八 (989) 致命傷を負った勇士は言った。「邪悪な卑怯者たち、私を暗殺しようなどとは、私の尽くしてきたことは何だったのだ?
私はいつも真心を尽くしてきたのに、こんな報いを受けるとは。
そなたたちは残念ながら一族にひどい所業をしでかした。

九九九 (990) これからのち生まれてくるそなたらの一族は、そのために
汚名を受けるだろう。そなたたちは私に対して
その恨みをあまりにもひどく報いた。
その恥辱でもってそなたたちは立派な勇士から見放されることだろう」

一〇〇〇 (991) 人々は皆、彼が倒れているところへ駆けつけた。
彼ら多くの者にとっては喜びのない日であった。
誠実な心を有する者によって、彼は嘆かれた。
勇猛果敢な騎士はそのように嘆かれるに値したのである。

一〇〇一 (992) ブルグントの国王は勇士の暗殺を嘆いた。
すると瀕死《ひんし》の重傷者は言った。「自ら害を加えた者が、
あとでそれを嘆くとは、わけの分からぬことだ。
そのような者は非難されるべきだ。やめておくべきだったのだ」

獰猛《どうもう》なハーゲンは言った。「なぜ嘆かれるのか、分かりません。 一〇〇二 (993)
我々の心配も悩みも、今やすべてなくなってしまいました。
我々に抵抗するような者はいなくなりました。
この男の権力を取り除いてしまって、よかったと思っています」

「大いに喜ぶがいい」、ジークフリートは言った。 一〇〇三 (994)
「そなたたちに殺意があることを知っていたら、
私はそなたたちから自分の命を守ることができたものを。
私の妻クリームヒルトほど哀れな者はおるまい。

私に息子がいたことを、神も哀れと思っていただきたい。 一〇〇四 (995)
将来、息子は、自分の親戚が父を暗殺したという
恥辱を耐え忍ばねばならないことになろう。
そのことを」、ジークフリートは続けた、「私は嘆きたいのだ。

この世で、私にしかけられた暗殺よりも、卑劣な暗殺が」、 一〇〇五
彼は国王に言った、「行われたことは決してあるまい。

私はどんな苦境の中でもそなたらの命と名誉を守ってきた。
心から尽くしてきたのに、このような報いを受けるとは」

一〇〇六 (996) 深手を負った人は、苦しみをこらえながら言った。
「貴い国王よ、そなたがこの世で誰かに
誠実を尽くそうとする気があるなら、私の愛しい妻を
そなたの誠実と恵みに委ねさせていただきたい。

一〇〇七 (997) 妻がそなたの妹であるにふさわしいよう、取り扱ってほしい。
国王としての徳目にかけても妻に誠実を尽くしてほしい。
私の父と家来たちは私の帰りをいつまでもむなしく待つことだろう。
婦人の中で妻ほど一族からひどい仕打ちを受けた者は決してあるまい」

一〇〇八 彼は死の苦しみの中で身をもがき、
悲しみながら言った。「そなたたちは
私を暗殺したことをいつの日か後悔することであろう。
しかと覚えておくがいい、そなたらは自らを殺してしまったのだ」

一〇〇九 (998) 至るところで花々が血潮で濡れていた。
彼は死神と闘ったが、長くは続かなかった。
死神の武器があまりにもひどく彼に突き刺さっていたからである。
勇猛果敢な勇士はもはや言葉を話すことができなかった。

一〇一〇 (999) 騎士たちは、この勇士が息を引き取ったのを見ると、
輝く黄金作りの楯に彼を乗せて、
これがハーゲンの仕《し》業《わざ》であることを隠すには
どうしたものかと、相談し合った。

一〇一一 (1000) 多くの者が言った。「まずいことになったものだ。
このことは皆で秘密にし、口を揃えて次のように言うことにしよう。
つまり、クリームヒルトの夫は一人で狩りに出かけ、
森の中を駆け抜けているうちに盗賊たちに討たれたのだと」

一〇一二 (1001) すると不実な男（ハーゲン）が言った。「わしが彼を運んで帰ることにしよう。
わが王妃の心を曇らせた夫人に
このことが知られたとしても、わしにはどうでもいいことだ。

306

彼女がどんなに涙を流したとしても、わしはまったく気にしない」

そのほとりでジークフリートが暗殺された泉について、
本当の話をあなた方にお聞かせすることにしよう。
オーデンの森の麓にオッテンハイムという村があるが、
そこではまだその泉が湧き出ている。疑いのない話である。

第十七歌章　クリームヒルトが殺害された夫のことを嘆き、夫を埋葬したこと

彼らは夜になるのを待って、ライン河を越えて帰った。　一〇一四 (1002)
勇士たちによってこれ以上ひどい狩りが行われたことはなかった。
彼らが射止めた獲物は、気高い婦人たちによって嘆かれた。
のちには多くの勇士までその報いを受けることとなった。

ひどく傲慢な行為と恐ろしい報復の物語についてお聞かせしよう。　一〇一五 (1003)
お聞かせしよう。ハーゲンはニーベルンゲン国（クサンテン）の
騎士ジークフリートを、クリームヒルトのいる
寝室の前まで運ばせた。

彼はその遺骸《いがい》を戸口の前に置かせたが、　一〇一六 (1004)
そうしたのも、王妃クリームヒルトが、

夜明け前に早朝のミサに出かける際、
それを間違いなく見つけられるようにするためであった。

いつものように、大聖堂から鐘の音が聞こえてきた。 一〇一七 (1005)
王妃は数人の侍女を呼び起こして、
すぐに明かりと衣裳を持って来るように頼んだ。
そこへ一人の侍臣《じしん》がやって来て、ジークフリートを見つけた。

侍臣は衣服が赤く血潮に染まっている亡骸《なきがら》を見つけた。 一〇一八 (1006)
それが自分の主人であるとは、まさか思わないで、
明かりを手にして寝室に入って行った。
やがて王妃クリームヒルトは侍臣から悲しい知らせを聞いたのである。

王妃が侍女たちを連れて大聖堂へ出かけようとしたとき、 一〇一九 (1007)
その侍臣が言った。「立ち止まってください。
部屋の前に一人の騎士が殺されて横たわっています」
クリームヒルトは非常に激しく嘆き始めた。

一〇二〇 (1008)
それが夫であることを確認する前に、
彼女はハーゲンがどのようにして夫を護ったらよいかと、
尋ねたことを思い出し、そこで初めて悲しみに襲われた。
彼女は夫の死とともにすべての歓びを断ち切ったのである。

一〇二一 (1009)
彼女は床にくずおれて、口もきけなかった。
喜びを失った美しい王妃は、そこに横たわっていた。
気高い王妃の悲しみは極度に大きく、
失神から目覚めたのちも悲鳴をあげ、寝室がどよめくばかりであった。

一〇二二 (1010)
そこで彼女の侍臣たちが言った。「客人なのではあるまいか？」
心の悲しみのあまり、彼女の口からは血が吹き出るほどであった。
彼女は言った。「それは私の愛しい夫ジークフリートです。
ブリュンヒルトが唆《そそのか》して、ハーゲンが暗殺したのです」

一〇二三 (1011)
王妃は勇士の倒れているところへ案内してもらった。
彼女は白い手で勇士の美しい頭を持ち上げた。
勇士は血で赤く染まっていたが、すぐに夫だと分かった。

優れた勇士の衣服は汚れていた。

一〇二四 (1012) 心優しい王妃は悲しみに沈みながら叫んだ。
「ああ、なんと悲しいことか！　あなたの楯は剣で
打ち砕かれてはいない。あなたは暗殺されたのです！
誰が暗殺したのか、分かったら、必ずやその者に復讐してやろう」

一〇二五 (1013) 彼女の侍臣は皆、亡くなった
気高い主君のことを深く悼《いた》み、
美しい王妃とともに一緒に嘆き叫んだ。
ハーゲンがひどくブリュンヒルトの恨みの仕返しをしたのである。

一〇二六 (1014) 悲しみに沈んだ王妃（クリームヒルト）は言った。「出かけて行って、
すぐにジークフリートの家来たちを起こしておくれ。
そしてジークムント老王にもこのことを知らせ、
ジークフリートのことで嘆きを共にしてくれるよう頼んでおくれ」

一〇二七 (1015) すると一人の使者がただちに、ニーベルンゲン国（クサンテン）の

ジークフリートの勇士たちが寝ているところへ駆けつけた。
彼は多くの家来を起こして、この悲しい知らせを伝えた。
家来たちはうろたえてすぐにベッドから立ち上がった。

一〇二八 (1016) 使者はまたすぐに老王の寝床へも急いだ。
ジークムント王は眠ってはいなかった。
もはや愛する息子には生きて会えなくなった
ということを、心のうちに感じ取っていたのだと思われる。

一〇二九 (1017) 「起きてください、ジークムント王様。ただちに
王妃クリームヒルト様のもとへお出かけください。王妃様には
どんな悲しみよりも心に応《こた》える災いが起こりました。
あなた様にも一大事のことですから、ご一緒にお嘆きください」

一〇三〇 (1018) ジークムントは起き上がって、言った。「そなたが言っている、
美しいクリームヒルトに起こった災いとは、何であるか？」
使者は悲しみながら言った。「王妃が嘆いても当然のことです。
ニーダーラントの勇士ジークフリート様が暗殺されたのです」

一〇三一 (1019) するとジークムント老王は言った。「冗談を言うのはやめよ。
わが息子が暗殺されたなどと、
そういう不吉なことは誰にも口にしてほしくはない。
それは死ぬまで嘆いたとて、嘆き切ることはできまい」

一〇三二 (1020) 「私の申すことが信じられないようでしたら、
ご自身でクリームヒルト様とそのご家来衆が
ジークフリート様の死を嘆いておられるのをお聞きください」
ジークムント老王はひどく驚いた。彼は大きな悲しみに襲われた。

一〇三三 (1021) 百人の家来とともに彼は寝床から跳び起きた。
彼らは鋭くて長い武器を手に取って、
痛ましい嘆き声のするところへ急いだ。
勇敢なジークフリートの千人の家来たちもやって来た。

一〇三四 (1022) 彼らは婦人たちが痛ましく嘆いているのを聞いたとき、
喪服を着て来るべきであったと思う者も少なくなかった。

彼らは悲しみのあまり分別を失っていた。
まことにひどい悲しみが彼らの心の中に入り込んでいたのである。

ジークムント老王はクリームヒルトのいるところへやって来て、 一〇二五 (1023)
言った。「ああ、この国へ旅して来たことが恨めしい！
このような親しい縁者のもとで、いったい誰が
わが息子、そなたの夫をむなしくも奪い去ったのか？」

「ああ、その者が分かったら」、気高い王妃は言った、 一〇二六 (1024)
「私の心も身も決してその者を許しはしません。
その者に憂き目を見せて、その縁者が、
必ずや私ゆえに嘆き悲しむようにしてやります」

ジークムント老王は両腕で王子をかき抱いた。 一〇二七 (1025)
彼の一族の悲しみは、たいへん大きかったので、
その嘆きの強さに宮殿も広間もどよめき、
またヴォルムスの町も泣き声で鳴り響くばかりであった。

一〇三八 (1026) ジークフリートの妻を誰も慰めることはできなかった。
勇士の美しい身体からは衣服が脱がされた。
凛々《りり》しくて気高い王は棺台の上に乗せられた。
するとすべての人々はまた大きな悲しみに包まれた。

一〇三九 (1027) ニーベルンゲン国（クサンテン）の勇士たちは言った。
「我々の手で必ずや主君の仇討ちをしよう。
このようなことをしでかした奴が、この城内にいるのだ」
ジークフリートの家来たちは皆、武器を取りに急いだ。

一〇四〇 (1028) 千百名の選り抜きの勇士たちが楯を手にして
やって来た。それはジークムント老王が軍勢として
擁《よう》していた家来たちであった。彼はジークフリートの死の
復讐をしたいと考えたのであるが、それも実に当然のことであった。

一〇四一 (1029) 彼らは、騎士ジークフリートと一緒に狩りに出かけた
グンター王とその家来たち以外には、
敵として戦うべき相手を知らなかった。

クリームヒルトは彼らが武装しているのを見て、ひどく悩んだ。

一〇四二 (1030) 彼女の悲しみはひどく、苦しみも大きかったけれども、
彼女は、グンター王の家来たちによってニーベルンゲン族が
討たれてしまうのを恐れて、それをやめさせようとした。
彼女は、友が友にするように、やさしく彼らを諫《いさ》めた。

一〇四三 (1031) 悲しみの多い王妃は叫んだ。「ジークムント王様、
何を始めようとされるのですか？　分かっておられないようですが、
グンター王は多くの勇敢な家来を擁しています。
彼に戦いを挑めば、あなた方は皆、命を失ってしまいます」

一〇四四 (1032) 彼らは楯を振りかざして戦おうとしていた。
王妃クリームヒルトは雄々しい勇士たちに
それをやめるよう、頼んだり、また命じたりもしたが、
思いとどまりそうもなかったので、彼女は余計に心を悩ませた。

一〇四五 (1033) 彼女は言った。「ジークムント様、もっとよい時機《じき》が来るまで、

思いとどまってください。そのときには必ずやあなた方とともに
夫の復讐をしますから。私から夫を奪った者が
分かったら、その者に手痛い仕返しをしてやります。

一〇四六 (1034) ここのラインには思い上がった勇士がたくさんいるのです。
そのため私はあなたに戦いを勧めたくはないのです。
彼らは私たちの一人に対して三十人の兵士を持っています。
彼らが私たちにしでかした仕打ちは、神様が報いてくださるでしょう。

一〇四七 (1035) ここにとどまって、私と一緒に苦しみを耐え忍んでください。
勇敢な英雄たちよ、夜が明けたら、
愛しい夫を柩《ひつぎ》に納めるのを手伝っておくれ」
勇士たちは言った。「そういたしましょう」

一〇四八 (1036) 騎士や婦人たちがどんなに嘆いたか、
それについては誰も十分語り尽くすことはできないだろう。
嘆き声は町中に聞かれたので、
町の人々の多くはそちらの方に急いだ。

人々にも悲しいことだったので、客人とともに嘆いた。　一〇四九 (1037)
気高い勇士は何ゆえに命を失わねばならなかったのか、
ジークフリートの罪咎《つみとが》のせいにする者は誰もいなかった。
善良な商人たちの夫人たちも王妃とともに涙を流した。

鍛冶屋に命じて、急いで見事な大理石の　一〇五〇 (1038)
大きくて丈夫な柩を作らせ、
それを立派な留め金でしっかりと結ばせた。
するとすべての人々の心は深い悲しみに包まれた。

夜は過ぎ去って、朝になったことが、知らされた。　一〇五一 (1039)
気高い王妃は愛しい夫の亡骸を
大聖堂に運んでくれるようにと頼んだ。
彼の一族は皆、泣きながらあとについて行った。

亡骸が大聖堂に運ばれたとき、多くの鐘が鳴り響いた。　一〇五二 (1040)
僧侶たちが厳《おごそ》かにミサを唱える声が聞こえた。

グンター王が家来とともにやって来た。
一緒に獰猛《どうもう》なハーゲンもその嘆きの場へとやって来た。

一〇五三 (1041) 王は言った。「愛しい妹よ、なんと悲しいことか。
このような大きな災いを我々は避けることができなかったとは。
我々はいつまでも素晴らしい英雄のことを嘆かねばなるまい」
「どうしてそう言えるのですか」、悲しみに満ちた女性は言った、

一〇五四 (1042) 「あなたに悲しいことだったら、こんなことは起こらなかったでしょう。
私が愛しい夫を失ったときには、
あなたは私のことなどお忘れになっていたと申さねばなりません。
天の神様のお恵みによって、私自身が身代わりになればよかったのです」

一〇五五 (1043) 「この災いはわしの家来たちによるものではない」、
グンター王が言った、「それは保証する」
「では、無実だと言う者を棺台のところへ近寄らせてみてください」
彼女は言った、「そしたら真実かどうかが分かりますから」

実に不思議なことであるが、今でもしばしばその例が見られる。　一〇五六 (1044)
殺人を犯した者がその死体に近づくと、
その傷口から血が噴き出す(46)というのである。ここでも同じことが起こり、
それによって罪はハーゲンにあることが明らかとなった。

傷口からは、殺害の時と同じように、激しく血が流れ出た。　一〇五七 (1045)
以前に痛ましく嘆いた者たちは、なお一層激しく嘆いた。
そこでグンター王は言った。「知っておいてほしいことだが、
彼を殺したのは盗賊であり、ハーゲンの仕業ではない」

彼女が言った。「その盗賊とやらはよく知っています。　一〇五八 (1046)
神様のお力により親族の手でその復讐をしたいものです。
グンターとハーゲン、あなた方の仕業ですね」
ジークフリートの家来たちは戦いになるものと期待した。

だがクリームヒルトは言った。「私とともに悲しみを忍んでおくれ」　一〇五九 (1047)

(46) ドイツ中世叙事詩人ハルトマン・フォン・アウエの『イーヴェイン』(一二〇〇年)の中にも、また シェイクスピアの『リチャード三世』(一五九二～九三年)の中にもこれと同じ言い伝えが出てくる。

兄ゲールノートと若きギーゼルヘアの二人は、
遺骸が横たわっているところへやって来た。
やがて二人はほかの者たちとともに真心こめて死者を悼んだ。

彼らは心の底からクリームヒルトの夫の死を嘆いた。 一〇六〇 (1048)
ミサが唱えられる頃になると、至るところから
男たち、女たち、子供たちが大聖堂に集まって来た。
あまり縁のなかった者たちでさえ、やがてジークフリートの死を嘆いた。

ゲールノートとギーゼルヘアは言った。「クリームヒルトよ、 一〇六一 (1049)
夫の死はもはや致し方のないことゆえ、元気を出しなさい。
我々が生きている限り、その埋め合わせはしてあげよう」
しかし、この世で誰も彼女を慰めることはできなかった。

柩は正午に出来上がった。 一〇六二 (1050)
遺骸は乗せられていた棺台から持ち上げられたが、
王妃はまだその勇士を埋葬させようとはしなかった。
そのため人々は皆、たいへんな難儀を強いられた。

一〇六三 (1051)
死者は豪華な絹織物で包まれた。
涙を流さなかった者はいなかったと思われる。
気高い母后ウーテも、またその侍女たちも、
その眉目秀麗《びもくしゅうれい》な英雄の死を嘆き悲しんだ。

一〇六四 (1052)
大聖堂でミサが唱えられ、遺骸が柩に納められたことを
人々が聞き知ると、ひどく大きな雑踏が起こった。
死者の魂のために、なんと多くの供物が捧げられたことか！
敵の中にも多くの善良な友人がいたのである。

一〇六五 (1055)
ミサが終わると、人々はその場を去って行った。
王妃が言った。「今夜はこの選り抜きの勇士をそばで
見守るのに、どうか私一人だけにしないでおくれ。
私のすべての歓びはこの人の生涯にかかっていたのです。

一〇六六 (1056)
三日三晩の間、亡骸はこのままにしておいて、
愛しい夫との別れを十二分に惜しませておくれ。

神のお恵みにより、私がこのまま死んでしまったら、
哀れなクリームヒルトの悲しみも終わってしまうのですが」

一〇六七 (1057) 街の人々は家へ帰って行った。
王妃は僧侶や修道士に、そして英雄に心から仕えていた
すべての家来には、ここに残ってくれるようにと頼んだ。
彼らは悲しい夜と、また重苦しい昼を過ごしたのであった。

一〇六八 (1058) 食べることも飲むこともしないままでいる者が多くいた。
食事を取りたいと思う者には、十分な食事が差し出されることが
伝えられた。その世話をしたのがジークムントであった。
そこでニーベルンゲンの人々は一生懸命働かねばならなかった。

一〇六九 (1059) 我々が聞いているところによると、三日間、
ミサを唱えた僧侶たちは、クリームヒルトの悲しみのために
たいへんな苦労を舐《な》めねばならなかったということである。
僧侶たちは勇猛果敢な勇士の魂のために祈り続けたのである。

一〇七〇 (1061) この国の僧院や善良な人々には皆、王妃は
所有地からの収益を分かち与えた。
また彼女は貧しい者たちにも夫の財産を十分に与えた。
こうして彼女は、自分がいかに夫を愛していたかを示したのである。

一〇七一 (1062) 三日目の朝、まさにミサが唱えられている時刻には、
大聖堂のそばの広い墓地は
その国の人々が激しく泣く声でいっぱいであった。
彼らは親しい友にするのと同じように、亡き英雄に奉仕したのであった。

一〇七二 (1063) 我々に伝えられているところによると、四日の間に、
三万マルク、あるいはそれ以上が
勇士の霊を弔《とむら》うために貧しい者たちに施されたという。
それにしても勇士の麗しい身体と命は、脆《もろ》くも消え失せたものである。

一〇七三 (1064) 神への祈りも済み、ミサも唱え終わると、
多くの民衆は過度の苦しみで身悶《みもだ》えした。
亡骸は大聖堂から墓地へと運ばれた。

英雄と縁戚関係の薄い人でさえ、涙を流して嘆くさまが見られた。

一〇七四 (1065) 大きな叫び声を上げながら、民衆は遺骸のあとについて行った。
女も男も、楽しげな気持ちでいる者は誰もいなかった。
英雄が埋葬される前に、ミサが歌われ、祈りが捧げられた。
ああ、なんと多くの賢い僧侶が英雄の埋葬に立ち会ったことか！

一〇七五 (1066) ジークフリートの妻は墓地に来るまでに、
誠実な妻らしく深い悲しみのために悶え苦しんでいたので、
人々は王妃にたびたび水を浴びせかけたほどであった。
彼女の傷心はこのうえなく極度に大きかったのである。

一〇七六 (1067) 彼女が生き延びたということは、まことに奇跡であった。
多くの婦人たちが彼女と嘆きを共にした。
王妃は言った。「ジークフリートの家臣たちよ、
あなたたちの誠意にかけて私に恵みを施しておくれ。

一〇七七 (1068) 私の悲しみのあとにささやかな歓びをもたらしておくれ。

私は夫の麗しい顔を今一度目にしたいのです」
彼女は激しく悲しみながら長いことそれを願うので、
立派な柩は再び壊して開けられねばならなかった。

そこで王妃は遺骸が置かれているところに案内された。　一〇七八 (1069)
彼女は夫の麗しい頭をその白い手で持ち上げた。
それから今は亡き気高く立派な騎士に口づけをした。
彼女の明るい目からは、悲しみのあまり、血の涙が出たほどであった。

痛ましい別れの挨拶が行われた。　一〇七九 (1070)
王妃は歩くことができずに、抱きかかえられてその場を去った。
高貴な王妃は意識を失ってさえいた。
悲しみのあまり、美しい妃は死に絶える寸前であった。

気高い主君を埋葬し終えたとき、　一〇八〇 (1071)
ニーベルンゲン国（クサンテン）から一緒にやって来た
勇士たちは皆、限りない悲しみを胸に抱いた。
ジークムント老王も決して快活な気分にはなれなかった。

一〇八一 (1072)
深い悲しみのあまり、三日間にわたって
食べることも、飲むこともできなかった者がいた。
しかし、自らの命を犠牲にすることもできなかった。
今もそうであるように、彼らは悲しみから立ち直ったのであった。

一〇八二
しかし、クリームヒルトは次の日まで昼も夜も
一日中、意識を失って横たわったままであった。
誰かが話しかけても、彼女は何も聞くことができなかった。
ジークムント老王もまた同じ悲しみに打ち沈んでいた。

一〇八三
老王はもう少しで意識を取り戻せなくなるところであった。
深い悲しみのあまり、彼の力は衰弱していたが、
それも不思議ではなかった。彼の家来たちは言った。
「王よ、国へ帰りましょう。もはやここにはとどまっておられません」

第十八歌章　クリームヒルトはヴォルムスに残り、舅《しゅうと》が帰国したこと

老王はクリームヒルトのもとに案内されて、　一〇八四 (1073)
王妃に向かって言った。「我々は国に帰ろうと思う。
ここのラインでは我々は歓迎されない客のようだから。
愛しい王妃よ、さあ、私の国へ帰ることにしよう。

そなたの気高い夫はこの国で　一〇八五 (1074)
不実な行為によって命を奪われてしまったが、
それをそなたが償う必要はない。私は息子のためにも
そなたを大切にするつもりだ。そのことでは心配しないでおくれ。

妃よ、勇猛果敢な勇士（ジークフリート）がそなたに授けた　一〇八六 (1075)
あらゆる権力は、そのままそなたが握っているがよい。

国土もそなたに委ねることにしよう。
ジークフリートの家来は皆、喜んでそなたに仕えることであろう」

そこで従卒たちには出発することが知らされ、 一〇八七 (1076)
急いで馬の準備がなされた。
仇敵のもとにいることは、彼らにとって不快なことであった。
婦人や乙女たちには旅の衣裳を整えるよう命ぜられた。

ジークムント老王が出発しようとしたとき、 一〇八八 (1077)
クリームヒルトの親族は彼女に対して、
一族のもとにとどまるようにと勧めた。
すると王妃は言った。「それはむずかしいことです。

哀れな女の私にこんな悲しみを与えた人たちを、 一〇八九 (1078)
どうしていつまでも目の前にして過ごせましょうか?」
すると弟ギーゼルヘアは言った。「愛しい姉上様、
あなたの誠実にかけて、ここで母のもとにとどまってください。

あなたの身も心もひどく傷つけてしまった人々の庇護《ひご》を　一〇九〇 (1079)
受ける必要はありません。私一人の財産で過ごしてください」
彼女は勇士に言った。「どうしてそのようなことができましょうか？
ハーゲンを見ていたら、私は悲しみのあまり死んでしまいます」

「愛しい姉上、そのような目にあわせはしません。　一〇九一 (1080)
あなたはこの弟ギーゼルヘアのもとにおとどまりください。
あなたの夫の死のことなどは私が忘れさせてあげましょう」
王妃は言った。「哀れな女の私にはそうなってほしいのですが」

若き騎士がこのように優しく申し出たとき、　一〇九二 (1081)
ウーテとゲールノート、そして誠実な親族たちも、
彼女にここにとどまるよう頼み、
ジークフリートの家来の中には縁者はいないはずだと言った。

「彼らは皆、赤の他人だ」と、ゲールノートが言った、　一〇九三 (1082)
「どんなに強くても、人は死なねばならない。
妹よ、そのことを考えて、心を慰めるがよい。

親族のもとにとどまるのだ。その方がそなたには本当によいことだ」
一〇九四 (1083) 彼女は一族の者たちに、この地にとどまることを約束した。
ジークムントの家来たちは馬の準備も終わり、
ニーダーラントに向けて出発しようとしていた。
一行は勇士たちの衣裳もすべて馬に積み上げた。
一〇九五 (1084) ジークムント老王はクリームヒルトの立っているところへ行って、
王妃に向かって言った。「ジークフリートの家来たちが
馬のそばでそなたを待っている。出発することにしよう。
私はブルグント一族のもとにはいたくないのだ」
一〇九六 (1085) すると王妃クリームヒルトは言った。「私の誠実な
親族の者たちは、私にここに残るよう、勧めています。
ニーベルンゲンの国（クサンテン）には私の親族はいないと言うのです」
ジークムントは王妃のこの言葉を聞いて、悲しくなった。
一〇九七 (1086) ジークムント老王は言った。「そういう言葉に耳を傾けないでおくれ。

そなたは以前と同じように権力を維持して、
私の一族の前で王冠を戴《いただ》くことができるのだ。
英雄を失ったことで、我々はそなたに償わせようとは思わぬ。 一〇九八(1087)

そなたの子供のためにも我々と一緒に帰っておくれ。
妃よ、あの子を孤児としてはなりませぬぞ。
王子が成長したら、そなたの心を慰めてもくれよう。
その間、多くの立派な勇士たちをそなたにかしずかせることにしよう」

彼女は言った。「私は出発することはできません。
たとえどんなことがあっても、私はここ私の親族のもとに
とどまらねばなりません。一族なら私と一緒に嘆いてくれますから」 一〇九九(1088)
この言葉は立派な勇士たちを不快な気分にさせた。

彼らは口を揃えて言った。「あなたがここの我々の敵のもとに
とどまろうとされるなら、我々にとっては
まことに悲しいことと言わざるを得ません。 一一〇〇(1089)
宮廷への旅で英雄がこれ以上辛い思いをしたことはありません」

「あなた方は何の心配もせず、神に身を委ねて、出かけられるがよい。 一一〇一 (1090)
私はあなた方にジークムントの国まで護衛をつけて、
あなた方をよく警護するように命じておきます。私の可愛い息子は
あなた方勇士の情けに委ねたいと思います」

王妃が出発する意志のないことを聞き知ると、 一一〇二 (1091)
ジークフリートの家来たちは皆、同じように泣いた。
ジークムント老王はなんと悲しい気持ちで
王妃と別れたことか！　このとき彼は憂愁に閉ざされたのであった。

「このたびの饗宴はなんと悲しいことか」、気高い国王は言った、 一一〇三 (1092)
「我々の身に起こったものよりもひどい災いは、今後どの王族においても、
楽しみの行事（饗宴）から決して引き起こされることはあるまい。
我々はもうこのブルグント国を訪れることはないであろう」

するとジークフリートの家来たちは公然と言った。 一一〇四 (1093)
「我々の主君を殺害した者が、はっきり分かったときには、

なおまだこの国へやって来ることもあり得るでしょう。
この国の人々は我々の主君の一族を強敵としてしまったのです」

一一〇五 (1094)
老王はクリームヒルトに口づけした。彼女に旅立ちの気が
ないことをはっきりと見て取ったとき、老王は悲しげに言った。
「これから我々は何の歓びもなく国へ帰るのだ。
憂いという憂いをすべて、わしは初めて思い知ったのだ」

一一〇六 (1095)
彼らは警護を伴わずにヴォルムスからラインを下って行った。
勇猛なニーベルンゲン族は、敵から
襲撃されるようなことがあれば、
防ぎ戦うつもりであることを心にしかと決めていた。

一一〇七 (1096)
彼らはどのような者にも暇乞いをすることを望まなかった。
しかし、ゲールノートとギーゼルヘアは親しげに老王のもとに
出かけた。老王の災いは二人にも悲しいことだったのである。
老王はその勇猛果敢な英雄たちの気持ちをよく理解したのであった。

一一〇八 (1097) そこで王弟ゲールノートは礼儀正しく言った。
「ここで誰がジークフリートに敵意を抱いていたか、
その噂を聞いていたにしても、そのことで私が彼の死に罪がないことは、
天上の神も認めてくださろう。私は心から彼の死を嘆かずにはいられない」

一一〇九 (1098) そこで若きギーゼルヘアは彼らに護衛をつけて、
老王が勇士たちを連れてその国から
ニーダーラントの故郷へ帰るのを悲しげに見送った。
その一族の者で楽しげにしている者は誰もいなかった！

一一一〇 (1099) 一行がどのように帰って行ったか、それは語ることができない。
ここではいつもクリームヒルトの嘆く声が聞かれ、
誠実で善良な弟ギーゼルヘアを除いては、
誰も彼女の心と気持ちを慰めることはできなかった。

一一一一 (1100) 美しいブリュンヒルトは高慢な態度で王妃の座についていた。
クリームヒルトがどんなに泣こうとも頓着《とんじゃく》しなかった。
王妃はもはや彼女に対する真心を持ち合わせていなかった。

のちにクリームヒルトもまた彼女に手痛い苦しみを与えたのである。

第十九歌章　ニーベルンゲンの財宝がヴォルムスへ運ばれたこと

一一一二 (1101) 愛らしい王妃がこうして未亡人になると、
エッケヴァルト伯はこの国の彼女のもとに
家来たちと一緒にとどまり、彼女への誠実を尽くした。
彼は女主人に自ら進んで死ぬまで仕えたのである。

一一一三 (1102) ヴォルムスの大聖堂のそばにたいへん大きくて
宏大な木造の建物が建造された。
そこに彼女はそれ以降歓びもなく侍女たちとともに暮らし、
教会へ行くことを何よりも好んだのであった。

一一一四 (1103) 彼女の愛しい夫が葬られたところへ、彼女は
悲しい気持ちを抱きながら、いつも出かけることをやめなかった。

彼女は恵み深い神に彼の魂を護ってくれるようにと頼んだ。

彼女はこのように真心こめてひんぱんに英雄の死を嘆いたのである。

一一一五 (1104) ウーテや侍女たちはいつも彼女を慰めた。
しかし、彼女の心はたいへんひどく傷つけられていたので、
どんなに慰めたにしても、何の役にも立たなかった。
彼女は愛しい夫に果てしない憧れを抱いていたのであり、

一一一六 (1105) それは女性が愛しい男性に抱いた中でも最も大きなものであった。

それによって彼女の堅固な美徳を窺い知ることができた。

彼女は命の続く限り、死に至るまで嘆いたのである。

やがてこの女性は誠実な心からひどく恐ろしい復讐を遂げたのである。

一一一七 (1106) こうして彼女は、本当の話であるが、
夫の死後、四年に至るまで悲しみのうちに暮らし、
彼女の兄グンターとは一言も話すことはなく、
またその間、仇敵《きゆうてき》ハーゲンにも会うことはなかった。

一一〇八 (1107) ハーゲンは国王に言った。「うまく取り計らって、
あなたが妹君と仲直りするようなことにでもなれば、
ニーベルンゲンの黄金がこの国に参ります。
王妃とまた仲良くなれば、その多くが我々のものとなります」

一一〇九 (1108) 「それを試みてみよう」と、すぐさま国王が言った、
「わしの弟たちに頼んで、妹がまた我々と喜んで
会うことになるように、妹にとりなしてもらうことにしよう」
「そううまくいくとは」、ハーゲンが言った、「思わないけれど」

一一一〇 (1109) そこで王はオルトヴィーンと辺境伯ゲーレに
宮廷の妹のもとに行くよう命じた。それが行われたあとで、
ゲールノートと若きギーゼルヘアもまたそこへ出かけた。
やがて二人はやさしく王妃クリームヒルトに当たってみた。

一一一一 (1110) ブルグントの勇士ゲールノートは言った。
「王妃よ、ジークフリートの死を嘆くのも長過ぎよう。
国王は自分が殺害者ではないことを証明したがっておられる。

あなたがいつもひどく嘆いておられるのは、よく耳にします」

彼女は言った。「殺害者はハーゲンで、誰も兄を咎《とが》めはしません。 一一一二 (1111)
夫の傷つく箇所はどこか、ハーゲンが私に尋ねたとき、
どうして彼が夫を憎んでいるなどと気づくことができたでしょう。
私が秘密にしておけばよかったのです」、王妃が続けた。

「私が夫の身体の秘密を打ち明けなければ、 一一一三 (1112)
私は泣かずに済んだのです。私はとても哀れな女です。
このようなことをしでかした者たちを、決して許しはしません」
すると麗しい騎士ギーゼルヘアは彼女に懇願し始めた。

彼女は言った。「あなたがそのように懇願するなら、兄上に挨拶しましょう。 一一一四
でも兄には大きな罪があります。国王は私に何の罪咎もないのに
私に対してまことにひどい心痛を与えたのですから。
私の口が兄に和解を与えたとしても、心は兄上を決して許しません」

「今後は何事もよくなるだろう」と、彼女の親戚の者たちは言った。 一一一五

「国王が彼女に尽くせば、彼女はまた機嫌がよくなるのでないだろうか？」

「兄上ならきっと彼女を宥《なだ》められよう」と、勇士ゲールノートが言った。

すると悲しみに満ちた女性は言った。「あなた方の望むようにしましょう」

彼女は国王に挨拶しようとした。彼女が彼らにそのことを口にすると、
国王は重臣たちとともに彼女の部屋を訪れた。
しかし、ハーゲンはあえて彼女の前に出ようとしなかった。
彼は彼女に悩みを与えたという自分の罪をよく知っていたのである。　一一一六 (1113)

彼女が兄に対して大きな憎しみを捨てようとしたとき、
グンター王は礼儀正しく彼女の方に近づいた。
しかし、このようなことが行われたのも財宝のためであった。
財宝のために不実な男（ハーゲン）は和解を勧めたのであった。　一一一七 (1114)

偽りの心を抱きながら、このように涙ながらの和解が
なされたためしは決してなかった。さらに彼女は損害を被《こうむ》ったのである。
しかし、彼女は一人の男を除いては、すべての者を許した。
ハーゲンが実行しなければ、勇士は誰にも殺害されなかったのだから。　一一一八 (1115)

一一二九 (1116)
そのあとすぐに王妃は人々の勧めに従って、
莫大《ばくだい》な財宝をニーベルンゲン国[47]から
取り寄せて、それをライン河畔へ運ばせた。
それは後朝《きぬぎぬ》（結婚式翌日）の贈り物で、当然彼女の所有物だったのである。

一一三〇 (1117)
ギーゼルヘアとゲールノートの二人が財宝を取りに出向いた。
クリームヒルトは千二百人の男たちを遣わせて、
財宝が隠されている場所から運んで来るように命じた。
そこでは勇士アルベリヒが一族とともにそれを護っていたのである。

一一三一 (1118)
ラインの人々がニーベルンゲン国に到着すると、
ただちにアルベリヒは一族の者たちに言った。
「気高い王妃が後朝の贈り物と言っておられる以上、
我々はこの財宝を渡さないというわけにもいくまい」

一一三二 (1119)
「我々が残念なことに」、アルベリヒが続けた、

（47）ここではクサンテンではなく、もともとのニーベルンゲン族の国を指している。

「あの気高い勇士とともに大事な隠れ蓑を失わなければ、
もちろんこういうことにはならなかったろう。
隠れ頭巾は美しいクリームヒルトの夫が権利をもって被《かぶ》っていたのだ。

ところが、英雄ジークフリートが我々から隠れ蓑を奪い取り、 一一三三 (1120)
この国が畏怖の念を持って彼に仕えなければならなくなったことで、
彼の身に災いが起こってしまったのだ」
宝庫の番人は財宝の鍵のあるところへ出かけて行った。

山の麓《ふもと》にはクリームヒルトの家来たちと 一一三四 (1121)
親族の一部も立っていた。財宝はそこから
海岸の船まで運ばれた。
その後、海を越えて上方のライン河畔へと運ばれたのである。

その財宝について驚くべきことをお聞かせしよう。 一一三五 (1122)
それは十二台の荷馬車に満載して
四日間も山から運んで来るほどのものであった。
しかも各々の荷馬車は日に九度も往復しなければならなかった。

財宝は宝石と黄金ばかりであった。　一一二六 (1123)
この世のすべての人間がそれらを報酬としてもらったとしても、
その財宝はたった一マルクの価値も減少させることはなかった。
ハーゲンがこれを欲しがったのももっともなことであった。

その中でも最高の宝物は黄金作りの小枝であった。　一一二七 (1124)
その使用方法を修得した者は、この世で
すべての人間を支配することができるであろう。
アルベリヒの多くの家来がゲールノートとともにその地を去った。

ゲールノートと若きギーゼルヘアが　一一二八
財宝を自分たちの所有としたとき、彼らは領土や
数々の城とともに、多くの優れた勇士をも引き継いだのであった。
それらの勇士はその権勢に恐れをなして彼らに仕えねばならなかった。

彼らが財宝をグンターの国に運び、　一一二九 (1125)
王妃がすべてを管理したとき、

宝庫と塔はそれらでいっぱいになった。
これ以上驚くべき黄金の話については、決して聞いたことがなかった。

一一四〇 (1126) しかし、財宝がたとえその千倍あったとしても、
勇士ジークフリートが健《すこ》やかな身体に戻ることができたら、
クリームヒルトは財宝なしでも彼のそばにとどまったであろう。
勇士がこれほど誠実な妻を持ったためしは決してなかった。

一一四一 (1127) 妃は財宝を手に入れると、多くの他国の勇士を
国に招き入れた。これまで話に聞いたことがないほど、
王妃は手ずから物惜しみしないで財宝を分かち与えた。
彼女がまことに徳の高い王妃であることは、誰もが認めたのであった。

一一四二 (1128) 貧しい者にも富める者にも彼女は分かち与えたので、
ハーゲンは、もし彼女がなおしばらく生き長らえて、
多くの勇士が彼女に仕えるようになったら、
我々に災いをもたらすことになるであろう、と言った。

するとグンター王は言った。「身柄と財産は彼女のものだ。 一一四三 (1129)
彼女がそれで何をしようと、わしにどうしてそれを止められようか？
わしが彼女と仲直りするには、たいへん苦労したのだ。
彼女が金銀ともに誰に分かち与えようと、我々には関係のないことだ」

ハーゲンは国王に言った。「分別のある男なら、 一一四四 (1130)
女などに財宝を委ねたりはしないでしょう。
王妃は贈り物によって、最後には
勇敢なブルグント族をひどく悲しませてしまうでしょう」

グンターがそれに答えた。「わしはもうこれ以上 一一四五 (1131)
彼女を悲しませることはしないと誓ってあるのだ。
その誓いは今後も守るつもりだ。彼女はわしの妹だから」
するとハーゲンがまたもや言った。「責任は私に任せてください」

彼らのうちにはその誓いを守らない者もいた。 一一四六 (1132)
彼らは未亡人から夥《おびただ》しい財宝を取り上げ、
ハーゲンがその鍵をすべて預かった。

ゲールノートはそのことを知ったときに、ひどく怒った。

一一四七 (1133) すると王弟ギーゼルヘアが言った。「私の姉上に対してハーゲンは
ひどいことをしてくれたものだ。私はそれを阻止すべきだった。
彼が私の親族でなかったならば、彼の命に関わることだ」
ジークフリートの妻はまた新たに涙を流した。

一一四八 (1134) 騎士ゲールノートが言った。「この黄金のために
災いが起こらないうちに、それが誰の所有ともならないよう、
それをライン河に沈めることを命ずることにしよう」
王妃が嘆きながら、弟ギーゼルヘアの前に現れた。

一一四九 (1135) 彼女は言った。「愛しい弟よ、私のことを忘れないでおくれ。
私の身柄と財産の守護者となってはいただけないだろうか」
彼は言った。「親愛なる姉上、我々が戻って来たら、
そう計らいましょう。我々は出かける予定なのです」

一一五〇 (1136) 国王とその一族、そして見出される限りの

優れた勇士たちは、その国から出かけて行ったが、
ただハーゲン一人だけは、王妃に対して抱いていた
憎しみのためにそこに残った。意図的にとどまったのである。

一一五一 主君たちは、生きている限りは、皆がよい時期だと思って
賛同するとき以外は、その財宝を誰にも見せたり、
与えたりしないことにしようとの誓いを立てた。
しかし、彼らは貪欲《どんよく》さのために最後にはそれを失わねばならなかった。

一一五二 (1137) 国王たちがライン（ヴォルムス）に戻って来ないうちに、
ハーゲンはその夥しい財宝(48)を取り上げて、
それをすべてロッホハイムの地でライン河に沈めてしまった。
彼はそれを一人で利用するつもりであったが、それはできなかった。

一一五三 不実な者には今でもしばしば起こるように、
彼はその財宝をのちに得ることはできなかったのである。
彼は生きている間、それを一人で利用するつもりであったが、

(48) ヴォルムスから少し下流にあるライン右岸の町。

その後、彼自身にもまたほかの誰にも与えることはできなかった。

一一五四 (1138) 国王たちは多くの家来を引き連れて戻って来た。
クリームヒルトは侍女や婦人たちとともに
大きな損害を受けたことを訴えた。国王たちはひどく困ってしまった。
しかし、勇士たちは彼（ハーゲン）に思いとどまらせたかのように振る舞った。

一一五五 (1139) 彼らは口を揃えて言った。「ハーゲンはひどいことをしたものだ」
ハーゲンは長い間、国王たちの怒りを避けていたが、
最後には許しを得た。彼らはハーゲンを生かしておいた。
クリームヒルトはこのときほど彼に敵意を抱いたことはなかった。

一一五六 (1141) こうして夫の死と、彼らから財宝を
ことごとく奪い取られたことで、彼女の心は
新たな悲しみで重くなったが、彼女の嘆きは
生きている限り、最後の日までやむことはなかった。

一一五七 (1142) ジークフリートの死後、実に十二年間、[49]

彼女は多くの苦悩の中で暮らしたが、
勇士の死を悼みながら、決して彼を忘れることはなかった。
彼女はいつまでも彼に誠実さを示したが、真心からの行為であった。

母后ウーテは、ダンクラートの死後、 一一五八
自らの領地から入る多くの収益でもって
立派な僧院を建てたが、その僧院は今日でもなお
ロルシュ(50)の地に高い誉れに包まれて建っている。

そこへクリームヒルトもやがて、ジークフリートの魂と 一一五九
すべての人たちの冥福のために、惜しみなく
黄金や宝石など多くの供物を捧げた。
これ以上誠実な女性は我々には知られていないほどである。

王妃クリームヒルトはグンターと和解したものの、 一一六〇
彼の落度によって莫大な財宝を失ったので、

(49) 写本Bでは十三年となっているのに対して、写本Cでは十二年になっている。 (50) ヴォルムスから東へ十数キロメートルほど離れたところにある町。

彼女の心の悲しみは千倍も大きなものとなった。
気高く高貴な王妃はここを去りたいと思ったほどである。

母后ウーテはロルシュの僧院のそばに 一一六一
たいへん立派な住居を構えた。
未亡人ウーテはのちに子供たちと離れてそこへ移り、
気高い母后は今もなおそこの柩の中に葬られている。

その当時、母后は言った。「愛しいわが娘よ、 一一六二
ここにとどまることができないなら、ロルシュの家で
私と一緒に暮らすようにして、泣くのをやめなさい」
クリームヒルトは答えた。「私の夫は誰に委ねるのですか？」

「夫はここに残しておくのです」、と母后ウーテは言った。 一一六三
「神にかけてそれはなりません」、と心優しい王妃は言った、
「愛しい母上様。夫は私が大事に護ってあげるべきです。
夫はとにかく私と一緒にここから連れ去られるべきです」

一一六四
こうして悲しみに沈む王妃は、夫を墓の中から掘り起こした。
夫の気高い白骨は、すぐさまロルシュの
僧院のそばにきわめて丁重に葬られた。
勇敢な英雄は今もなおそこの長い柩の中に横たわっている。

一一六五
クリームヒルトが母后とともにその望みの地に
ちょうど引っ越そうとしていたとき、
彼女は結局のところそこにとどまらねばならなくなった。
はるか遠くの彼方からラインへ届いた知らせのためであった。

［作品解説］

『ニーベルンゲンの歌』の成立と展開

石川栄作

一　古代ゲルマンの二つの伝説

ドイツ中世英雄叙事詩『ニーベルンゲンの歌』は十三世紀初頭に現在のオーストリア地方で一人の詩人によって書かれたと推定されるが、その起源は五、六世紀のゲルマン民族移動時代にライン河畔フランケンを発祥地として生成した英雄歌謡にまで遡る。その英雄歌謡、すなわち、ニーベルンゲン伝説の原型は現在遺《のこ》されていない。しかし、北欧に伝承されている『歌謡エッダ』や『ヴォルスンガ・サガ』、さらには『ティードレクス・サガ』などから、その原型をある程度推測することができる。まさにそれら北欧伝承を『ニーベルンゲンの歌』と比較し考察を加えることによって、ドイツのニーベルンゲン研究者アンドレアス・ホイスラー（一八六五～一九四〇）はその研究書『ニーベルンゲン伝説とニーベルンゲンの歌』（一九二一年）の中でこの中世英雄叙事詩の成立過程を明らかにするとともに、ニーベルンゲン伝説の原型をも再現した。

それによると、『ニーベルンゲン伝説』の前史はブリュンヒルト伝説とブルグント伝説から成り立っている。まずブリュンヒルト伝説は、竜の血を浴びて「不死身の英雄」となったジークフリートがグンター王の家来ハーゲンによって暗殺されるエピソードを語っている。その暗殺のきっかけとなったのが、ジークフリートの妻クリームヒルトとグンター王の妻ブリュンヒルトがライン河で水浴びをしていたときにそれぞれの夫自慢から口論になったことである。ただこの英雄伝説では悲劇の主人公はブリュンヒルトであり、彼女はジークフリート暗殺後、その英雄が誠実であったことを打ち明けて、自ら自害することになっている。このような物語が生成するにあたっては、五、六世紀の出来事が関与していたであろうが、はっきりと断言できるものはない。しかし、古代ゲルマン民族移動時代の厳しい歴史の中からそのような英雄歌謡が生まれたことは確かであり、それはのちに遅くとも九世紀初めにはスカンディナビアへ、さらにはアイスランドへも伝承されるとともに、ドイツにおいても十二世紀末にはブリュンヒルトに代わってクリームヒルトが主人公となる改変を加えられて語り継がれ、十三世紀初頭には現在のオーストリア地方にも伝承されて、『ニーベルンゲンの歌』前編の素材となったのである。

もう一つのブルグント伝説は、ジークフリートの未亡人クリームヒルトがフン族のエッツエル王と再婚して、ニーベルンゲンの財宝に目が眩《くら》んだエッツェル王がブルグント族を自分の宮廷に招待したことから両民族の凄惨《せいさん》な戦いという悲劇が展開するというものである。ブルグント族はフン族に滅ぼされるが、しかし、クリームヒルトは夫エッツェルに対して、二人の間に生まれた子供を犠牲にしたうえで、兄弟たちの復讐を遂げることになっている。このような内容のブルグント伝説が生まれたきっかけについては、ブリュンヒルト伝説とは逆に、容易にその歴史的事実を指摘することができる。まず第一は、四三七年に中部ラインのブルグント族がフン族に滅ぼされたという史実である。第二には、フン族の支配者エッツェルが、その十六年後の四五三年に謎の死を遂げたことであり、さらに第三はエッツェルの二人の息子が父の死後まもなく戦死したという出来事である。これら三つの出来事を素材として四六〇年頃にブルグント伝説が生成したと推定される。その後、この伝説は北欧へ伝承される一方、八世紀頃にはバイエルン・オーストリア地方にも伝承された。そこではクリームヒルトは夫エッツェルに対して兄弟たちの復讐を遂げるのではなく、最初の夫ジークフリートのためにグンター王をはじめとする実の兄弟たちに復讐するという内容に改変される。このバイエルンのブルグント伝説は、その後、一一六〇年になってドーナウ地方でさらに改変を見て、ここで初めて読み物としての叙事詩が生まれた。このブルグント叙事詩が十三世紀初頭にニーベルンゲンの詩人の手に渡って、『ニーベルンゲンの歌』後編の素材となり、もう一つのブリュンヒルト伝説と結び合わされて、ここにドイツ中世英雄叙事詩『ニーベルンゲンの歌』が成立するのである。

ホイスラーの「発展段階説」をごく大雑把に紹介すると、以上のとおりである。ホイスラーによると、ブリュンヒルト伝説は三段階を経て、またブルグント伝説は四段階を経たのちに、一つにまとめられて『ニーベルンゲンの歌』となっていることになる。確かに英雄歌謡は口承で語り継がれるものであるから、常に流動的であり、実際にはこの作品成立の系図はホイスラーが仮定したよりももっと複雑であったであろうが、しかし、ホイスラーの系図はニーベルンゲン伝説の発展過程の略図として容認されてよいのではあるまいか。いずれにしても『ニーベルンゲンの歌』は五、六世紀に生まれた二つの伝説がいくつかの段階を経て、十三世紀初頭の詩人によって一つに結び付けられて成立したのである。

二　ニーベルンゲンの詩人

では、その二つの伝説を結び合わせた詩人は、いったい、誰であったのか。残念ながら、作者名は不詳のままであると言わざるを得ない。十三世紀初頭の宮廷叙事詩では作者が自分の名前を書き記すのが習慣になっていたが、英雄叙事詩の『ニーベルンゲンの歌』においてはどこにも記載されていない。しかし、それも英雄叙事詩としての一つの形式であり、ニーベルンゲンの詩人は意識的に自らの名前を伏せることによって独自の悲劇的世界を作り上げようとしたのではあるまいか。当時の宮廷叙事詩に特有な作者の名乗りは個人的刻印を示しているのに対して、『ニーベルンゲンの歌』の作者不詳は民族精神の刻印を表しており、この意識的な作者不明によってこの作品は民族的な所有となっているのであり、民族叙事詩とも呼ばれるにふさわしい作品となっているのである。

このように英雄叙事詩にふさわしく作者の名前は特定できないが、しかし、作者の故郷、時代および身分等については、作品そのものからある程度推測することができる。

まず詩人の故郷については、特に後編でクリームヒルトがエッツェル王の花嫁としてフン国に向かう旅の途上において、パッサウからウィーンに至るドーナウ地方の地理や風景が正確に描かれていることから、このあたりが彼の故郷であったろうと推定される。これに対して前編の舞台となっているライン地方の地理は、明らかには描写されておらず、ぼやけている。それどころか地理的に間違った記述も見出される。このようなところからニーベルンゲンの詩人はパッサウからウィーンに至るドーナウ地方の出身であったことはほぼ間違いないであろう。

次にニーベルンゲンの詩人が自らの作品を書き上げた時期に関しては、当時の宮廷叙事詩人ハルトマン・フォン・アウエやヴォルフラム・フォン・エッシエンバッハなどとの影響関係から十三世紀初頭であることが確証される。たとえば、『ニーベルンゲンの歌』前編において殺害者ハーゲンがジークフリートの遺体に近づいたとき、死体から新たに血が流れ出した場面は、ハルトマンの『イーヴェイン』（一二〇〇年）における類似場面に由来するものだと言われている。またニーベルンゲンの詩人は宮廷的な衣裳の描写の際にツァツァマンク（三七〇詩節）やアツァガウク（四四八詩節）という外国の地名を使用しているが、これはヴォルフラムの『パルチファル』第一巻からの借用である。これとは逆に『パルチファル』後半において大膳職ルーモルトが旅立ちをやめるよう忠告する場面は、明らかに『ニーベルンゲンの歌』後編（一四九三〜九九詩節）から借用されたものである。これらのことからニーベルンゲンの詩人はハルトマンやヴォルフラムと同時代の人間であり、何らかの関係で接触し合ったことは明らかである。以上のことから『ニーベルンゲンの歌』は一二〇〇年から一二〇五年の間に書き上げられたと推定される。

さらにニーベルンゲンの詩人の身分についても、彼はおそらく騎士の生まれで、かなりの教養があり、法律、宮廷生活並びに騎士生活には精通していた人物と推定される。研究者の中には勇敢な楽人フォルカーが最もニーベルンゲンの詩人に近い存在ではなかったかと主張する人もいる。詩人はフォルカーについて後編の中でこう語っている。

フォルカーとは何者であるか、それを知らせておくことにしよう。　一五一〇（1477）
彼は気高い騎士で、彼にはブルグントの国で
たくさんの立派な勇士が仕えていた。
彼はヴァイオリンを弾くことができたので、楽人（spileman）と呼ばれた。

このような気高い楽人フォルカーは、やがてフン族の国ではブルグント族を護るためにハーゲンとともに寝ずの番をするが、その場面でも次のように語られている。

勇敢なフォルカーは立派な楯を　一八七七（1833）
手から放して、広間の壁に立て掛けた。
それから彼は戻って来て、ヴァイオリンを手に取った。
こうして彼は楽人にふさわしく一族に奉仕したのであった。

彼は館のドアの下にある石の腰掛けに座った。　一八七八（1834）
この世でこれ以上勇敢なヴァイオリン弾きはいなかった。
彼の弦の調べはたいへん甘美に鳴り響いた。
誇り高い勇士たちは彼に心から感謝した。

彼の弦の音は、館全体が轟《とどろ》くかのように、響き渡った。　一八七九（1835）
彼は武力（ellen）の面でも、風雅（fuoge）の面でも、両方に優れていた。
よりいっそう優しく甘美に彼はヴァイオリンを奏でた。
こうして彼はベッドで不安に思う多くの勇士を眠らせたのであった。

本翻訳後編の注釈でも指摘しているように、このあたりの描写からニーベルンゲンの詩人が楽人フォルカーに愛着を持っていたことは明らかである。ニーベルンゲンの詩人は勇敢で気高い騎士フォルカーと同じように、まさに文武両道に秀でており、さらにはかなり教養のある騎士でもあろう。後編の解説においては、『ニーベルンゲンの歌』全体の悲劇が前編と後編でコントラストを成しながら展開するという、整然たる構成を示していることを述べる予定であるが、この作品全体の整然とした悲劇の二重構造も、その詩人の芸術家としての優れた才能を証明するものである。

三　ニーベルンゲン詩節

ニーベルンゲンの詩人の芸術家としての偉大さは、作品全体の構成においてのみならず、全体を構成する一つ一つの詩節においても認められる。ニーベルンゲンの詩人は自らの作品を書き上げるにあたって、当時のキューレンベルクの詩人が用いていた詩形を踏襲《とうしゅう》したと推定される。それは古い二行の長詩句を二倍にしたもので、現在では一般に「ニーベルンゲン詩節」と呼ばれている。たとえば、冒頭の第一詩節は次のように語られている。

Uns ist in álten mæren　　wúnders víl geséit:
von héleden lóbebǽrèn,　　von grṓzer árebéit,
von fréude und hṓchgezî́tèn,　　von wéinen únde klágen,

von kǘener récken strî́tèn　muget ír nu wúnder hœ́ren ságen.

ウンス　イスト　イン　アルテン　メーレン　ウンダース　フィル　ゲゼイト
フォン　ヘレデン　ロベーレン　フォン　グローサー　アレベイト
フォン　フロイデ　ウント　ホーホツィーテン　フォン　ウェイネン　ウンデ　クラゲン
フォン　キエナー　レッケン　ストリーテン　ムゲト　イア　ヌー　ウンダー　ヘーレン　ザゲン

『ニーベルンゲンの歌』はこのように四行から成る詩節で構成されており、詩節の各行は前句と後句から成る。前句には三つの強拍（ˊ）と一つの次強拍（ˋ）があり、後句には一〜三行で三つの強拍があるが、ただ四行目だけは四つの強拍を持ち、そのため強調される結果となっている。さらに一行目と二行目の最後の単語（ゲゼイト geseit とアレベイト arebeit）、三行目と四行目の最後の単語（クラゲン klagen とザゲン sagen）がそれぞれ脚韻を踏んでいる。作品全体がすべて例外なく、このように純粋で、しかも完全な脚韻を踏んでおり、リズミカルな文体はこのニーベルンゲン詩節によるものである。もっともこの第一詩節は後で付け加えられたものだという説もあるが、いずれにせよニーベルンゲンの詩人はこれと同じ詩形を用いて、全体を書き上げたのである。このように全体にわたって一つ一つ正確に脚韻を踏ませながら、作品を書き上げることは並大抵なことではなく、ニーベルンゲンの詩人が偉大であったことは明らかである。彼はその偉大な文学的才能を駆使して、中世英雄叙事詩『ニーベルンゲンの歌』を書き上げたのであり、好評を博するや否や、その後さまざまな場所で多くの写本に書き継がれていくのである。

四 『ニーベルンゲンの歌』の写本

その『ニーベルンゲンの歌』の写本は、完本と断片を含めると、現在までに三十数種類が発見されている。多数発見されている写本のうち、主な完本は次の三つである。

写本A――ホーエンエムス・ミュンヘン本と呼ばれ、基本的には二人の書写家によって十三世紀末頃書き写されたと推定される。十八世紀後半までフォーアアルルベルクのホーエンエムス伯爵家にあったが、その後回り道をしてミュンヘンのバイエルン州立図書館に所蔵されて、現在に至っている。全体は二三一六詩節から成る。

写本B――ザンクト・ガレン本と呼ばれ、三人の書写家によって十三世紀半ばないし後半に書写されたものと推定される。もともとはヴェルデンベルク伯爵の所蔵であったが、十六世紀にはスイスの歴史家チューディの所有するところとなり、一七六八年にザンクト・ガレン修道院図書館に移されて、現在に至っている。詩節数は二三七九詩節。

写本C――ホーエンエムス・ラスベルクあるいはドーナウエッシンゲン本、さらにはまた数年前からはカールスルーエ本とも呼ばれ、十三世紀前半に書写されたもの。写本Aと同じくホーエンエムス伯爵家に由来するが、それからラスベルク男爵の所有を経て、十九世紀半ばにはドーナウエッシンゲンのフュルステンベルク公爵の図書館に移されていたが、現在ではカールスルーエのバーデン州立図書館の所蔵となっている。二四四〇詩節から成る。

このように『ニーベルンゲンの歌』の写本は、カール・ラッハマン（一七九三～一八五一）に従って、アルファベットを用いて表示する習慣となっているが、現在までに三十数種類発見されている写本のうち、最後の語句が「ニーベルンゲン族の災い」（der Nibelungen nôt）で終わっているものと、「ニーベルンゲン族の歌」（der Nibelungen liet）で終わっているものとがある。両者のうちどちらが原典に近いものであるかについては、これまで実にさまざまな研究がなされてきたが、現在では最も原典に近い写本は「災い」（nôt）本群の中にあることが一般に認められ、ザンクト・ガレン本の写本Bが代表的な定本とされている。これに対して最後の言葉が「歌」（liet）で終わっている写本Cは、原典成立後に入念に企てられた改作であるとされている。それだけに写本Cは矛盾点なども修正されたうえ、作品全体から見てもより整然とした構成を示している。

本翻訳はまさにこの改作とみなされている写本Cの新訳を試みたものである。わが国ではこれまで『ニーベルンゲンの歌』の翻訳はもっぱら写本Bを底本としており、写本Cの存在はニーベルンゲン研究者以外にはまったく知られていない。それだけにこの新訳はたいへん意義深いものだと確信している。

五 『ニーベルンゲンの歌』写本Cの特徴

では、『ニーベルンゲンの歌』写本Cは原典に最も近いと言われている写本Bに対して、いったいどのような特徴を持っているのだろうか。

まず写本Cの改作者は改作する場合の最も容易な手段として、至るところに新しい詩節を補足しているが、この補足詩節はテクストの内容を滑らかにするという役目を果たしている。たとえば、写本B五〇五（写本C五一六）詩節では、ジークフリートはニーベルンゲン国で三千人の勇士を集め、そのうち最も優れた千人の勇士に兜や衣裳を支給してブリュンヒルトの国へ連れて行こうとすることが語られているが、そのあとに写本Cでは二詩節が補われて、「愚かな人なら、それは嘘に違いないと言うかもしれない／どうしてそんなにも多くの騎士が同時に集められるだろうか？／彼らはどこで食べ物を手に入れ、どこで衣裳を入手できたのか、と／……しかし、ジークフリートは、お聞きのとおり、たいへん裕福であったので／……勇士たちに十分施し物をすることができたのである」（C五一八〜九）と説明することによって、不思議に思うかもしれない読者を納得させているのである。同じように写本B一五七三（C一六〇八）詩節では、ハーゲンがドーナウ河で約一万人の騎士を対岸へ運んだことが語られているが、写本Cではその次に「船は長いうえに、丈夫で幅広く、大きかったので／……四百人を一度に向こう岸へ渡すことができたのである」（C一六〇九）と補足説明を加えることによって、読者に語られた内容の信頼度を深めていると言える。

従って、ここで言えることは、写本Cは現実的な描写の傾向が強いということである。このことはまた、写本Bではしばしば騎士の数などが幻想的に多くなっているのに対して、写本Cではその数を可能な数字にまで減らしているという事実によっても裏書きされる。たとえば、グンター王がブリュンヒルトに求婚するためにアイスランドへ出かける際には、写本B三三九詩節では「三万人の勇士」を調達させることをジークフリートに申し出るが、写本C三四七詩節では「二千人の勇士」に改められているし、また写本B一一一七詩節ではニーベルンゲンの財宝が「八千人の軍兵」によって運ばれたことになっているのに、写本C一一三〇詩節ではその数が「千二百人」に改められている。

また改作者Cは明晰《めいせき》なものと合理的なものを好む詩人であり、些細なことにまで正確さを要求する詩人であることも明らかである。たとえば、写本B一九二四詩節でダンクヴァルトは「ジークフリート殿が亡くなられたのは、わしがまだ子供の折のことだった」と語っているが、しかし、ダンクヴァルトはグンター王がブリュンヒルトを求めてアイスランドへ行った時の随行者であったことを考えると、この彼の言葉は矛盾することになる。そこで写本C

の改作者は一九七六詩節で、「ジークフリート殿が命を失ったとき、わしはまだ弱年の従卒だった」と修正することで、少なくともその矛盾を和《やわ》らげていると言える。

写本Cの改作者はこのように正確さを要求する詩人であるから、当然のことながら写本Bのテクストに見出される矛盾なども修正している。たとえば、写本B九一一詩節でグンター王は「ヴァスケンの森」へ狩りをしに出かけることを提案するが、そのあとのB九一八（C九二六）詩節で「彼らはライン河を越えて行く」と語られている。ところが、ヴァスケンの森はライン左岸のヴォーゲーゼン山脈の森のこととされているので、ライン河を越える必要はない。そこで写本Cの改作者はC九一九詩節で「ヴァスケンの森」の代わりにライン右岸にある「オーデンの森」に改めて、地理上の矛盾を取り除いている。

このように改作者Cは外面的に矛盾を取り除いたり、小さなことにまで正確さを要求したりしているが、彼がいかに些細なことにまで正確さを要求しているか、その実に念入りな努力は、アイスランドでの三種競技の場面でも明らかである。ジークフリートが隠れ蓑を着用して、ブリュンヒルトを打ち負かすと、彼は彼女に向かって、「さあ、気高い姫よ、我々に従ってラインへ来ていただきましょう」（B四七四、四）と要求する。これに対してブリュンヒルトは写本Bでは「そうはいきません」（四七五、一）と答えている。なぜなら、そのあとで言っているように、彼女はその前に近親の者たちに伝える必要があるからである。すなわち、ブリュンヒルトは三種競技をする前に取り交わした約束を拒否しているわけではない。

そこで写本Cでは「まだそこまではいきません」（C四八六、一）というふうに、副詞「まだ」（noch）を付け加えて答えている。またそのあとの詩節でジークフリートは船に乗るために、つまり、その船でニーベルンゲンの国へ行こうと思って、隠れ蓑を身につけて海岸へ行くのであるが、その船こそジークフリートがグンター王らとともにアイスランドへやって来たのと同一の船であることは自明の理である。ところが、写本Bでは「そこに小船が一艘《いっそう》見つかった」（B四八二、二）となっている。そこで写本Cの改作者はその船をはっきりさせるために「（その）船のところまでやって来た」（C四九三、二）というふうに不定冠詞（ein）を定冠詞（daz）に置き換えているのである。写本Cがいかに些細なことに至るまで入念に修正を施しているかが容易に理解されよう。

さらにまた写本Cの改作者は宮廷的儀礼によく通じた人であり、宮廷的形式を守ることに価値を置いていることも明らかである。そのことをよく表しているのが、特に地位の高い人ないしは話し相手の人をまず先に挙げることによって、テクストをよりいっそう宮廷化させる改作である。たとえば、アイスランドのブリュンヒルトのもとへ出かける際、写本Bでジークフリートはグンター王に向かって「まず一人目が私で、二人目がそなた」（三四二、一）となっているところを、写本Cでは「まず一人目がそなたで、二人目がこの私」（三五〇、一）というふうに、宮廷的儀礼を重んじる改作を施している。同じようにこの作品の最終場面で両民族の多くの者が滅び去ったあとの描写においても、写本B二三七七詩節では「ディートリヒとエッツェルは泣き悲しんだ」となっているところを、写本C二四三七詩節では「エッツェルとディートリヒは泣き悲しんだ」というふうに、宮廷的儀礼にふさわしい順番に修正しているのである。このような改作は枚挙にいとまがなく、写本Cは全体にわたってきめ細かく修正を施されていることが容易に理解されよう。

このように写本Cの改作者は全体的にテクストの内容を滑らかに修正しているのであるが、しかし、最も重要な改作は、改作者Cはとりわけジークフリートとクリームヒルト側を擁護するとともに、反対にハーゲンやグンターを非難する傾向にあるという点であろう。原典に最も近いとされる写本Bでは、クリームヒルトの復讐行為については中立的な立場を取り、ところどころではクリームヒルトを非難している傾向も認められるのに対して、写本Cではそれをほめ称える修正が至るところで施されているのである。この点については本翻訳後編の解説で詳しく述べる予定であるが、写本Cは十三世紀初頭においてクリームヒルトの復讐をどのように捉《とら》えていたかを知るのに格好の作品であると言えよう。写本Bと比較考察すると、新しいクリームヒルト像が浮き彫りになってくるのであり、その意味でも写本Cは貴重な作品であると評価してよいであろう。

六　ニーベルンゲン伝説のその後の展開

このように十三世紀初頭に『ニーベルンゲンの歌』が成立して好評を博すと、それ以降はいろいろなところで写本に書き継がれていくのであるが、十五世紀に入って印刷術が発明されると、今度は印刷によってさらに広く伝承されることになる。十六世紀の韻文版『不死身のザイフリート』（最古の印刷は一五三〇年、最新の印刷は一六四二年）やハンス・ザックスの悲劇『不死身のゾイフリート』（一五五七年）もその中の一つであり、主人公の英雄は美女を救い出すために竜と戦うという、これまでとは違った内容の物語が展開されていく。また十七、十八世紀になると、民衆本『不死身のジークフリート』（現存する最古の印刷本はブラウンシュヴァイクおよびライプツィヒで一七二六年に印刷）によっても伝承されることとなり、そこにはユーモアに満ちたエピソードなどもさらに織り込まれて、民衆本に特有の「読んで楽しい」タイプの物語として民衆の間に広く普及していく。しかし、ニーベルンゲン伝説がこのように騎士階級から市民階級の人々へと伝承されていくと、ニーベルンゲン伝説そのものはもはや伝統的な英雄精神を彷彿《ほうふつ》させることなく、亜流的な内容に堕《だ》していったと言わざるを得ない。そこにはもはや英雄叙事詩『ニーベルンゲンの歌』の面影はなく、英雄主義的精神の形骸化されたニーベルンゲン伝説がわずかに遺されているに過ぎなかった。とりわけ一六一八年に勃発した三十年戦争はドイツ文化に全面的な荒廃をもたらし、ドイツ民族にとって貴重な古文献や伝説は長い間人々から忘れられたままになっていたのである。

　このような状況下で『ニーベルンゲンの歌』の写本が再発見されるのは、十八世紀半ば以降になってのことである。一七五五年にフォーアアルルベルクのホーエンエムス伯爵家の図書館で『ニーベルンゲンの歌』の写本（まさにこれがのちに写本Cと呼ばれるようになる）が発見されると、一七六八年には写本Bがザンクト・ガレンで、そして一七七九年には写本Aがホーエンエムス伯爵家で発見されて、それぞれテクストが刊行される。当初はそれらはあまり注目されなかったものの、そののち特にヨハン・ゴットフリート・フォン・ヘルダー（一七四四〜一八〇三）の影響を受けたドイツ・ロマン派の詩人たちが民族の伝統に眼を開いて、自国の古い中世文学に傾倒し始め、こうしてこの中世英雄叙事詩『ニーベルンゲンの歌』は再び脚光を浴びることとなるのである。とりわけ二つのロマンツェ『若きジークフリート』および『竜殺しのジークフリート』を書いたルートヴィヒ・ティークや、ニーベルンゲン伝説に関する数多くの著作を遺したグリム兄弟の果たした役割は大きい。またド・ラ・モット・フケーの戯曲『北欧の英雄』三部作（一八一〇年）は北欧の素材を再現したという点で注目に値する。

その後も、ニーベルンゲン伝説はドイツ・ロマン派の詩人に限らず、さまざまな作家たちによって受容されていく。エルンスト・ラウパッハの戯曲『ニーベルンゲンの財宝』（一八二八年初演）もその一つであるが、十九世紀でとりわけ注目すべきは、フリードリヒ・ヘッベルの戯曲『ニーベルンゲン』三部作（一八六〇年）とリヒャルト・ワーグナーの楽劇『ニーベルングの指環』四部作（一八七六年初演）であろう。これらの作品の影響で十九世紀後半はもちろん、二十世紀に入ってもたくさんのニーベルンゲン作品が創られていく。その数は枚挙にいとまがなく、作品の目録だけでも本一冊になるほどである。

二十世紀になると、フリッツ・ラング監督によって二部作映画『ジークフリート』『クリームヒルトの復讐』（一九二四年）も製作され、また二十一世紀にはウーリー・エデル監督によって映画『ニーベルンゲンの歌』とともにワーグナーの楽劇を取り入れて、ドイツの伝承と北欧の伝承を混ぜ合わせたかたちで、一つの新しいジークフリート暗殺の物語に仕上げている。興味深い、注目すべき作品である。『ニーベルングの指環』（ドイツ／アメリカ、二〇〇四年）も撮られた。後者は

ちなみに、現代においては映画だけではなく、特にわが国ではマンガの世界においてもニーベルンゲン伝説が取り上げられていることは、すでに周知のとおりである。いずれもワーグナーのオペラの影響を受けたもので、松本零士『ニーベルングの指環』四部作とあずみ椋『ニーベルングの指環』のほかに、里中満智子や池田理代子（原作）・宮本えりか（画）の同名のマンガがあることを付け加えておこう。

以上のように見てくると、ニーベルンゲン伝説は五、六世紀にライン河畔で生成して以来、中世を経て、近代・現代に至るまで、歌謡・叙事詩・韻文作品・民衆本・ロマンツェ・戯曲・オペラ・映画・小説・マンガなどといった、実にさまざまな芸術形態で伝承されていることが理解できよう。そのなかでも十三世紀初頭に成立した『ニーベルンゲンの歌』は、十

九世紀のワーグナーの楽劇『ニーベルングの指環』四部作とともに、ニーベルンゲン伝説の最高傑作であり、そこからはさらにさまざまな作品が生み出されている。『ニーベルンゲンの歌』は、譬《たと》えて言えば、まさにそこから新しい黄金が無尽蔵に生み出される、不思議な力を持つ「ニーベルングの指環」である。今後ともそこから常に新しいニーベルンゲン伝説がさまざまな芸術形態で語り継がれていくことは間違いあるまい。そういう意味でも『ニーベルンゲンの歌』はまことに限りない魅力にあふれた作品であると言ってもよいであろう。

最後に、『ニーベルンゲンの歌』写本Cを翻訳するにあたって、底本には Ursula Hennig (Hrsg.): Das Nibelungenlied nach der Handschrift C, Max Niemeyer Verlag Tübingen 1977. を用い、訳読していく過程では最近出版された Ursula Schulze (Hrsg. u. übersetzt): Das Nibelungenlied. Nach der Handschrift C der Badischen Landesbibliothek Karlsruhe, Artemis & Winkler 2005. の現代語訳を参照し、さらには写本Bの以前からの邦訳である相良守峯訳（岩波文庫）をはじめ、その他の邦訳も常に傍らに置いて参照させていただいたことを付け加えておく。

本書は、ちくま文庫のための訳し下ろしである。

ギリシア悲劇（全4巻）

荒々しい神の正義、神意と人間性の調和、人間の激情と心理。三大悲劇詩人（アイスキュロス、ソポクレス、エウリピデス）の全作品を収録する。

シェイクスピア全集（刊行中）　シェイクスピア　松岡和子訳

シェイクスピア劇、待望の新訳刊行！　普遍的な魅力を備えた戯曲を、生き生きとした日本語で。詳細な注、解説、日本での上演年表をつける。

「もの」で読む入門シェイクスピア　松岡和子

シェイクスピア劇に登場する「もの」から、全37作品の意図が克明に見えてくる。「世界で最も親しまれている古典」のやさしい楽しみ方。（安野光雅）

ガルガンチュアとパンタグリュエル（全5巻）　フランソワ・ラブレー　宮下志朗訳

フランス・ルネサンス文学の記念碑的大作。〈知〉の一大転換期の爆発的エネルギーと感動をつたえる画期的新訳。第64回読売文学賞研究・翻訳賞受賞作。

バートン版　**千夜一夜物語**（全11巻）　大場正史訳　古沢岩美・絵

めくるめく愛と官能に彩られたアラビアの華麗な物語――奇想天外の面白さ、世界最大の奇書の名訳による決定版。鬼才・古沢岩美の甘美な挿絵付。

レ・ミゼラブル（全5巻）　ユゴー　西永良成訳

慈愛あふれる司教との出会いによって心に光を与えられ、ジャン・ヴァルジャンは新しい運命へと旅立つ――叙事詩的な長篇を読みやすい新訳でおくる。

荒涼館（全4巻）　C・ディケンズ　青木雄造他訳

上流社会、政界、官界から底辺の貧民、浮浪者まで巻き込んだ因縁の訴訟事件。小説の面白さをすべて盛り込み壮大なスケールで描いた代表作。（青木雄造）

高慢と偏見（上）　ジェイン・オースティン　中野康司訳

互いの高慢さから偏見を抱いて反発しあう知的な二人がやがて真実の愛にめざめてゆく……絶妙な展開で深い感動をよぶ英国恋愛小説の名作の新訳。

高慢と偏見（下）　ジェイン・オースティン　中野康司訳

互いの高慢からの偏見が解けはじめ、聡明な二人は急速に惹かれあってゆく……。あふれる笑いと絶妙の展開で読者を酔わせる英国恋愛小説の傑作。

分別と多感　ジェイン・オースティン　中野康司訳

冷静な姉エリナーと、情熱的な妹マリアン。好対照をなす姉妹の結婚への道を描くオースティンの永遠の傑作。読みやすくなった新訳で初の文庫化。

動物農場
ジョージ・オーウェル
開高健 訳
自由と平等を旗印に、いつのまにか全体主義や恐怖政治が社会を覆っていく様を痛烈に描き出す。『一九八四年』と並ぶG・オーウェルの代表作。

ヘミングウェイ短篇集
アーネスト・ヘミングウェイ
西崎憲 編訳
ヘミングウェイは弱く寂しい男たち、冷静で寛大な女たちを登場させ「人間であることの孤独」を描く。繊細で切れ味鋭い14の短篇を新訳で贈る。

カポーティ短篇集
T・カポーティ
河野一郎 編訳
妻をなくした中年男の一日を、一抹の悲哀をこめ、ややユーモラスに描いた本邦初訳の「楽園の小道」他、選びぬかれた11篇。文庫オリジナル。

イギリスだより
カレル・チャペック旅行記コレクション
カレル・チャペック
飯島周 編訳
風俗を描かせたら文章も絵もピカ一のチャペック。イングランド各地をまわった楽しいスケッチ満載で、今も変わらぬイギリス人の愛らしさが冴える。

コスモポリタンズ
サマセット・モーム
龍口直太郎 訳
舞台はヨーロッパ、アジア、南島から日本まで。故国を去って異郷に住む〝国際人〟の日常にひそむ事件のかずかず。珠玉の小品30篇。（小池滋）

女ごころ
サマセット・モーム
尾崎寔 訳
美貌の未亡人メアリーとタイプの違う三人の男の恋の駆け引きは予期せぬ展開を迎える。第二次大戦前夜のイタリアを舞台にしたモームの傑作を新訳で。

バベットの晩餐会
I・ディーネセン
桝田啓介 訳
バベットが祝宴に用意した料理とは……。一九八七年アカデミー賞外国語映画賞受賞作の原作と遺作「エーレンガート」を収録。（田中優子）

エレンディラ
G・ガルシア＝マルケス
鼓直／木村榮一 訳
大人のための残酷物語として書かれたといわれる中・短篇。「孤独と死」をモチーフに、大著『族長の秋』につらなるマルケスの真価を発揮した作品集。

素粒子
ミシェル・ウエルベック
野崎歓 訳
人類の孤独の極北にゆらめく絶望的な愛――二人の異父兄弟の人生をたどり、希薄で怠惰な現代の一面を描き上げた、鬼才ウエルベックの衝撃作。

スロー・ラーナー［新装版］
トマス・ピンチョン
志村正雄 訳
著者自身がまとめた初期短篇集。「謎の巨匠」がみずからの作家生活を回顧する序文を付した話題作。驚異に満ちた世界。（高橋源一郎、宮沢章夫）

競売ナンバー49の叫び　トマス・ピンチョン　志村正雄訳

「謎の巨匠」の暗喩に満ちた迷宮世界。突然、大富豪の遺言管理執行人に指名された主人公エディパの物語。郵便ラッパとは？（巽孝之）

お菓子の髑髏　レイ・ブラッドベリ　仁賀克雄訳

若き日のブラッドベリが探偵小説誌に発表した作品のなかから選ばれた15篇。ブラッドベリらしい、ひねりのきいたミステリ短篇集。

ブラウン神父の無心　G・K・チェスタトン　南條竹則／坂本あおい訳

ホームズと並び称される名探偵「ブラウン神父」シリーズを鮮烈な新訳で。「木の葉を隠すなら森のなか」などの警句と逆説に満ちた探偵譚。（高沢治）

生ける屍　ピーター・ディキンスン　神鳥統夫訳

独裁者の島に派遣された薬理学者フォックス。秘密警察が跳梁し、魔術が信仰される島で陰謀に巻き込まれ……。幻の小説、復刊。（岡和田晃／佐野史郎）

コンパス・ローズ　アーシュラ・K・ル＝グウィン　越智道雄訳

物語は収斂し、四散する。ジャンルを超えた20の短篇が紡ぎだす豊饒な世界。「精神の海」を渡る航海者のための羅針盤。（石堂藍）

郵便局と蛇　A・E・コッパード　西崎憲編訳

日常の裏側にひそむ神秘と怪奇を淡々とした筆致で描く、孤高の英国作家の詩情あふれる作品集。新訳一篇を追加し、巻末に訳者による評伝を収録。

氷　アンナ・カヴァン　山田和子訳

氷が全世界を覆いつくそうとしていた。私は少女の行方を必死に探し求める。恐ろしくも美しい終末のヴィジョンで読者を魅了した伝説的名作。

〝少女神〟第9号　フランチェスカ・リア・ブロック　金原瑞人訳

少女たちの痛々しさや強さをリアルに描き出し、全米の若者を虜にした最高に刺激的な〈9つの物語〉。大幅に加筆修正して文庫化。（山崎まどか）

短篇小説日和　西崎憲編訳

短篇小説は楽しい！　大作家から忘れられたマイナー作家の小品まで、英国らしさ漂う一風変わった傑作を集めました。巻末に短篇小説論考を収録。

怪奇小説日和　西崎憲編訳

怪奇小説の神髄は短篇にある。ジェイコブズ「失われた船」、エイクマン「列車」など古典的怪談から異色短篇まで18篇を収めたアンソロジー。

ケルトの神話　井村君江

古代ヨーロッパの先住民族ケルト人が伝え残した幻想的な神話の数々。目に見えない世界を信じ、妖精たちと交流するふしぎな民族の源をたどる。

ケルト妖精物語　W・B・イエイツ編　井村君江編訳

群れなす妖精もいれば一人暮らしの妖精もいる。不思議な世界の住人達がいきいきと甦る。イエイツが贈るアイルランドの妖精譚の数々。

ケルトの白馬／ケルトとローマの息子　ローズマリー・サトクリフ　灰島かり訳

ブリテン・ケルトもの歴史ファンタジーの第一人者による珠玉の少年譚。実在の白馬の遺跡をモチーフにした代表作ほか一作。（荻原規子）

炎の戦士クーフリン／黄金の騎士フィン・マックール　ローズマリー・サトクリフ　灰島かり／金原瑞人／久慈美貴訳

神々と妖精が生きていた時代の物語。かつてエリンと言われた古アイルランドを舞台に、ケルト神話に名高いふたりの英雄譚を1冊に。（井辻朱美）

星の王子さま　サン＝テグジュペリ　石井洋二郎訳

飛行士と不思議な男の子。きよらかな二つの魂の出会いと別れを描く名作——透明な悲しみが読むものの心にしみとおる、最高度に明快な新訳でおくる。

不思議の国のアリス　ルイス・キャロル　柳瀬尚紀訳

おなじみキャロルの傑作。子どもむけにおもねらず、ことば遊びを含んだ、透明感のある物語を原作の香気そのままに日本語に翻訳。（楠田枝里子）

オーランドー　ヴァージニア・ウルフ　杉山洋子訳

エリザベス女王お気に入りの美少年オーランドー、ある日目をさますと女になっていた——4世紀を駆ける万華鏡ファンタジー。（小谷真理）

猫語の教科書　ポール・ギャリコ　灰島かり訳

ある日、編集者の許に不思議な原稿が届けられた。それはなんと、猫が書いた猫のための「人間のしつけ方」の教科書だった……!?（大島弓子）

ほんものの魔法使　ポール・ギャリコ　矢川澄子訳

世界の魔術師がつどう町マジェイアに、ある日、犬をつれた一人の男が現れた。どうも彼は〝本物〟らしい。ユーモア溢れる物語。（井辻朱美）

トーベ・ヤンソン短篇集　トーベ・ヤンソン　冨原眞弓編訳

ムーミンの作家にとどまらないヤンソンの作品の奥行きと背景を伝える短篇のベスト・セレクション。「愛の物語」「時間の感覚」「雨」など、全20篇。

誠実な詐欺師
トーベ・ヤンソン　冨原眞弓訳
〈兎屋敷〉に住む、ヤンソンを思わせる老女性作家。彼女に対し、風変わりな娘がめぐらす長いたくらみとは？　傑作長編がほとんど新訳で登場。

火星の笛吹き
レイ・ブラッドベリ　仁賀克雄訳
本邦初訳の処女作「ホラーボッケンのジレンマ」を含む、若きブラッドベリの初期スペース・ファンタジーの傑作20篇を収録。（服部まゆみ）

クマのプーさん　エチケット・ブック
A・A・ミルン　高橋早苗訳
『クマのプーさん』の名場面とともに、プーが教えるマナーとは？　思わず吹き出してしまいそうな可愛らしい教えたっぷりの本。（浅生ハルミン）

ムーミンのふたつの顔
冨原眞弓
児童文学の他に漫画もアニメもあるムーミン。媒体や時期で少しずつ違うその顔を丁寧に分析し、本質に迫る。トリビア情報も満載。（梨木香歩）

ムーミンを読む
冨原眞弓
ムーミンの第一人者が一巻ごとに丁寧に語る、ムーミン物語の魅力！　徐々に明らかになるムーミン一家の過去や仲間たち。ファン必読の入門書。

クラウド・コレクター〈手帖版〉
クラフト・エヴィング商會
得体の知れない機械、奇妙な譜面や小箱、酒の空壜……。不思議な国アゾットへの驚くべき旅行記。単行本版に加筆、イラスト満載の〈手帖版〉。

すぐそこの遠い場所
クラフト・エヴィング商會　坂本真典・写真
遊星オペラ劇場、星屑膏薬、夕方だけに走る小列車、雲母の本……。茫洋とした霧の中にあるような、懐かしい国アゾットの、永遠に未完の事典。

らくだこぶ書房21世紀古書目録
クラフト・エヴィング商會　坂本真典写真
ある日、未来の古書目録が届いた。注文してみると摩訶不思議な本が次々と目の前に現れた。想像力と創造力を駆使した奇書、待望の文庫版。

ないもの、あります
クラフト・エヴィング商會
堪忍袋の緒、舌鼓、大風呂敷……よく耳にするが、一度として現物を見たことがない物たちを取り寄せてお届けする。文庫化にあたり新商品を追加。

百鼠
吉田篤弘
僕らは空の上から物語を始める、神様でも天使でもないけれど。笑いと悲しみをくぐりぬける三つの小さな冒険が、この世ならぬ喜びを届けます。

名短篇、ここにあり　北村薫／宮部みゆき 編

読み巧者の二人の議論沸騰し、選びぬかれたお薦め小説12篇。となりの宇宙人／冷たい仕事／隠し芸の男／少女架刑／あしたの夕刊／網／誤訳ほか。

名短篇、さらにあり　北村薫／宮部みゆき 編

小説って、やっぱり面白い。人間の愚かさ、不気味さ、人情が詰まった奇妙な12篇。華燭／骨／雲の小径／押入の中の鏡花先生／不動図／鬼火／家霊ほか。

読まずにいられぬ名短篇　北村薫／宮部みゆき 編

松本清張のミステリを倉本聰が時代劇に⁉　あの作家の知られざる逸品からオチの読めない怪作まで厳選の18作。北村・宮部の解説対談付き。

教えたくなる名短篇　北村薫／宮部みゆき 編

宮部みゆきを驚嘆させた、時代に埋もれた名作家・長谷川修の世界とは？　人生の悲喜こもごもが詰まった珠玉の13作。北村・宮部の解説対談付き。

世界幻想文学大全
幻想文学入門　東雅夫 編著

幻想文学のすべてがわかるガイドブック。澁澤龍彦、中井英夫、カイヨワ等の幻想文学案内のエッセイも収録し、資料も充実。初心者も通も楽しめる。

世界幻想文学大全
怪奇小説精華　東雅夫 編

ルキアノスから、デフォー、メリメ、ゴーチエ、ゴーゴリ……時代を超えたベスト・オブ・ベスト。岡本綺堂、芥川龍之介等の名訳も読みどころ。

日本幻想文学大全
幻妖の水脈　東雅夫 編

『源氏物語』から小泉八雲、泉鏡花、江戸川乱歩、都筑道夫……。妖しさ蠢く日本幻想文学、ボリューム満点のオールタイムベスト。

日本幻想文学大全
幻視の系譜　東雅夫 編

世阿弥の謡曲から、小川未明、夢野久作、宮沢賢治、中島敦、吉村昭……。幻視の閃きに満ちた日本幻想文学の逸品を集めたベスト・オブ・ベスト。

60年代日本ＳＦベスト集成　筒井康隆 編

「日本ＳＦ初期傑作集」とでも副題をつけるべき作品集である(編者)。二十世紀日本文学のひとつの里程標となる歴史的アンソロジー。　(大森望)

70年代日本ＳＦベスト集成1　筒井康隆 編

日本ＳＦの黄金期の傑作を、同時代にセレクトした記念碑的アンソロジー。ＳＦに留まらず「文学の新しい可能性」を切り開いた作品群。　(荒巻義雄)

こころ　夏目漱石

友を死に追いやった「罪の意識」によって、ついには人間不信にいたる悲惨な心の暗部を描いた傑作。詳しく利用しやすい語注付。（小森陽一）

美食倶楽部　谷崎潤一郎大正作品集　種村季弘編

表題作をはじめ耽美と猟奇、幻想と狂気……官能的な文体によるミステリアスなストーリーの数々。大正期谷崎文学の初の文庫化。種村季弘編で贈る。

三島由紀夫レター教室　三島由紀夫

五人の登場人物が巻き起こす様々な出来事を手紙で綴る。恋の告白・借金の申し込み・見舞状等、一風変ったユニークな文例集。（群ようこ）

命売ります　三島由紀夫

自殺に失敗し、「命売ります。お好きな目的にお使い下さい」という突飛な広告を出した男のもとに、現われたのは？（種村季弘）

方丈記私記　堀田善衞

中世の酷薄な世相を覚めた眼で見続けた鴨長明。その人間像を自己の戦争体験に照らして語りつつ現代日本文化の深層をつく。巻末対談＝五木寛之

小説　永井荷風　小島政二郎

荷風を熱愛し、「十のうち九までは礼讃の誠を連ねた中に、ホンの一つ」批判を加えたことで終生の恨みをかってしまった作家の傑作評伝。（加藤典洋）

てんやわんや　獅子文六

戦後のどさくさに慌てふためくお人好し犬丸順吉は社長の特命で四国へ身を隠すが、そこは想像もつかない楽園だった。しかしそこは……。（平松洋子）

娘と私　獅子文六

文豪、獅子文六が作家としても人間としても激動の時間を過ごした昭和初期から戦後、愛娘の成長とともに自身の半生を描いた亡き妻に捧げる自伝小説。

江分利満氏の優雅な生活　山口瞳

卓抜な人物描写と世態風俗の鋭い観察によって昭和一桁世代の悲喜劇を鮮やかに描き、高度経済成長期前後の一時代をくっきりと刻む。（小玉武）

落穂拾い・犬の生活　小山清

明治の匂いの残る浅草に育ち、純粋無比の作品を遺して短い生涯を終えた小山清。いまなお新しい、清らかな祈りのような作品集。（三上延）

せどり男爵数奇譚　梶山季之
せどり＝掘り出し物の古書を安く買って高く転売することを業とすること。古書の世界に魅入られた人々を描く傑作ミステリー。（永江朗）

川三部作
泥の河／螢川／道頓堀川　宮本輝
太宰賞「泥の河」、芥川賞「螢川」、そして「道頓堀川」と、川を背景に独自の抒情をこめて創出した、宮本文学の原点をなす三部作。

私小説
from left to right　水村美苗
12歳で渡米し滞在20年目を迎えた「美苗」。アメリカにも溶け込めず、今の日本にも違和感を覚え……。本邦初の横書きバイリンガル小説。

ラピスラズリ　山尾悠子
言葉の海が紡ぎだす、〈冬眠者〉と人形と、春の目覚めの物語。不世出の幻想小説家が20年の沈黙を破り発表した連作長篇。補筆改訂版。（千野帽子）

増補
夢の遠近法　山尾悠子
「誰かが私に言ったのだ／世界は言葉でできていると」。誰も夢見たことのない世界が、ここではじめて言葉になった。新たに二篇を加えた増補決定版。

兄のトランク　宮沢清六
兄・宮沢賢治の生と死をそのかたわらでみつめ、兄の死後も烈しい空襲や散佚から遺稿類を守りぬいてきた実弟が綴る、初のエッセイ集。

真鍋博のプラネタリウム　真鍋博　星新一
名コンビ真鍋博と星新一。二人の最初の作品『おーい　でてこーい』他、星作品に描かれた挿絵と小説冒頭をまとめた幻の作品集。（真鍋真）

鬼譚　夢枕獏編著
夢枕獏がジャンルにとらわれず、古今の「鬼」にまつわる作品を蒐集した傑作アンソロジー。坂口安吾、手塚治虫、山岸凉子、筒井康隆、馬場あき子、他。

茨木のり子集　言の葉（全3冊）　茨木のり子
しなやかに凛と生きた詩人の歩みの跡を、詩とエッセイで編んだ自選作品集。単行本未収録の作品なども収め、魅力の全貌をコンパクトに纏める。

言葉なんかおぼえるんじゃなかった　田村隆一・語り　長薗安浩・文
戦後詩を切り拓き、常に詩の最前線で活躍し続けた伝説の詩人・田村隆一が若者に向けて送る珠玉のメッセージ。代表的な詩25篇も収録。（穂村弘）

ちくま文庫

ニーベルンゲンの歌《うた》 前編《ぜんぺん》

二〇一一年四月 十 日 第一刷発行
二〇一七年四月二十五日 第二刷発行

訳 者 石川栄作（いしかわ・えいさく）
発行者 山野浩一
発行所 株式会社 筑摩書房
東京都台東区蔵前二―五―三 〒一一一―八七五五
振替〇〇一六〇―八―四一二三
装幀者 安野光雅
印刷所 明和印刷株式会社
製本所 株式会社積信堂

乱丁・落丁本の場合は、左記宛にご送付下さい。
送料小社負担でお取り替えいたします。
ご注文・お問い合わせも左記へお願いします。
筑摩書房サービスセンター
埼玉県さいたま市北区櫛引町二―六〇四 〒三三一―八五〇七
電話番号 〇四八―六五一―〇〇五三

ISBN978-4-480-42816-5 C0197